희망의 소금창고

희망의 소금창고

김태광 지음

징검다리

희망이 담긴 마법의 돌

영국 대부호 토머스 해밀턴 가에는 선조로부터 대대로 내려오는 보물이 있었습니다.

사람들은 그 보물을 가리켜 원하는 만큼의 황금이 생기게 하는 '마법의 돌'이라고 말했습니다. 그러나 그 마법의 돌은 주인 외에는 아무도 볼 수 없어서 그 정체를 아는 이가 없었습니다.

한번은 영국왕 제임스 6세가 해밀턴의 집을 방문한 적이 있었습니다.

왕은 해밀턴에게 오래 전부터 궁금하게 여기던 그 보물을 보여 달라고 부탁했습니다.

왕의 부탁에 해밀턴은 작은 상자를 가지고 나왔습니다. 왕은 호기심에 가득 찬 얼굴로 상자의 뚜껑을 열어 보았습니다.

그러나 상자 안에는 잔뜩 기대했던 마법의 돌이 아닌 두 구절의 글이 적혀 있는 종이만이 들어 있었습니다.

종이에는 이렇게 적혀 있었습니다.

「절대로 내일이 있다고 생각하지 말아라. 절대로 타인의 힘을 의지하지 말아라.」

이 글을 읽은 왕은 매우 만족하다는 표정으로 말했습니다.

"정말 옳은 말이군. 이게 바로 마법의 돌이야."

해밀턴 가의 마법의 돌은 대부분의 사람들이 상상했던 보물이 아니었습니다. 그저 우리가 이미 알고 있거나 익히 들었던 두 구절이었습니다. 바로 '현재에 충실하라' 는 말과 '자신이 가진 잠재력을 믿어라' 는 뜻을 담고 있습니다.

이처럼 세상에 존재하는 가장 가치 있는 보물은 평범함 속에 숨어 있습니다. 또한 자신과 너무나 밀접한 곳에 있기에 사소하게 지나쳤을 것입니다.

모든 사람은 세상에 태어날 때 원하는 분야에서 최고가 될 수 있는 모든 성공 요소를 가지고 왔습니다. 그런데도 불구하고 세상에는 성공가도를 달리는 사람들보다 실패의 늪에 빠져 괴로워하는 사람들이 더 많습니다. 이는 이미 지나간 과거의 상처에 얽매여 현재라는 가장 소중한 시간을 헛되이 보냈기 때문입니다. 또한 아직 닥치지 않은 불행에 대한 걱정으로 현재의 시간을 낭비하였기 때문일 것입니다. 그리하여 희망뿐만 아니라 원래부터 있었던 성공 요소를 잃어버린 것입니다.

희망은 지금 이 순간에 있습니다.

희망은 성공을 끌어당기는 자석입니다. 따라서 자신이 품고 있는 희망에 대한 믿음이 강한 만큼 희망이 성공을 끌어당기는 힘 또한 강력하답니다. 이와 반대로 희망을 향한 믿음이 약하다면 그만큼 성공의 궤도에서 점점 멀어질 뿐입니다.

　우리는 현재 속에서 살아갑니다.

　하지만 이 현재 속에 과거와 미래가 함께 들어 있다는 것은 잘 깨닫지 못합니다. 지금 이 순간을 어떻게 보내느냐에 따라 어두운 미래 혹은 눈부신 미래가 될 수도 있습니다. 또한 후회 가득한 과거, 또는 뿌듯한 과거가 될 수도 있습니다. 이 모두 현재에 얼마나 충실하느냐에 달렸습니다.

　'당신이 헛되이 보낸 오늘이 어제 죽어간 이가 그토록 원했던 내일이다.' 는 말이 있습니다. 순간순간을 인생의 마지막 날처럼 열정적으로 사는 여러분이 되시길 바랍니다. 그런 여러분의 곁에 언제나 희망의 빛이 가득하길 소망합니다.

김 태 광

차례

희망의 샘 – 격려와 배려

열정의 텃밭 – 사랑과 이해

성공의 싹 – 꿈과 기회

희망의 샘 – 격려와 배려

스스로 낙제를 선택한 나쓰메 소세키

일본 사람이 가장 많이 사용하는 천 엔짜리 지폐를 눈여겨 본 사람은 알고 있습니다. 천 엔짜리 지폐에 소설가 나쓰메 소세키의 초상이 새겨져 있다는 것을 말이지요.

최근에는 외국까지 소세키의 명성이 전해져 일본 근대 작가 가운데 가장 폭넓게 연구되는 인물로도 손꼽힙니다. 대부분 사람들은 그의 그러한 명성만을 기억할 뿐이지, 그 명성을 얻기까지 그가 얼마나 값비싼 인생 경험을 치렀는지 잘 알지 못합니다.

소세키는 메이지유신 시대, 몰락한 집안의 5남 3녀 중 막내로 태어났습니다.

그는 후처 소생으로, 축복 대신에 차가운 외면을 당하며 세상 사는 법을 터득하기 시작했습니다. 후처의 소생이라는 이유만으로 아버지에게 소세키는 귀찮은 존재로 여겨졌던 것입니다.

복잡한 집안사정으로 인하여 소세키는 고물상집 수양아들로

들어가게 되었습니다. 그러나 고물상집에서도 쓸모없는 고물 취급을 받을 뿐이었습니다. 그는 그렇게 불행한 유년 시절을 보낸 후 다시 본가로 돌아왔습니다.

세월이 흐른 뒤, 소세키는 여느 아이들처럼 고등학교에 입학하여 하숙 생활을 하게 되었습니다.

그가 생활하던 하숙집에는 동급생이 많았습니다. 그래서 자연스레 친구가 되어 그들과 어울려서 노는 일이 많았습니다. 그들은 누가 공부라도 하면 공부벌레라며 놀려댔습니다. 어린 시절부터 늘 외롭게만 자랐던 소세키는 친구들과 함께 하는 생활에 익숙해졌습니다.

1886년 7월 무렵, 소세키는 친구들과 놀기에 푹 빠져있었습니다. 당연히 공부는 뒷전이었습니다. 결국 그는 공부를 게을리 한 상태에서 복막염까지 앓아 진급시험을 치르지 못했습니다. 그는 며칠 동안 고민한 끝에 스스로 낙제를 선택했습니다. 소세키가 낙제를 받았다는 소식이 아버지에게까지 전해졌습니다.

며칠 후 아버지는 소세키를 불러 심하게 야단쳤습니다.

"너는 아버지에게 쓸데없이 학비를 일 년이나 더 내게 할 작정이냐! 배은망덕한 녀석 같으니라고!"

그 뒤, 소세키의 모습은 완전히 달라졌습니다. 그는 친구들이 아무리 놀자고 꼬드겨도 오로지 공부에만 전념했습니다. 이런 그에게 친구들은 공부벌레라며 심하게 놀려댔습니다.

하지만 그는 친구들에게서 바보라는 소리를 들으면서도 공부에 전념해 졸업할 때까지 수석을 차지했습니다. 그리고 아버지에게서 학비를 받는 것이 죄송스러워 학원 강사를 하며 생활비를 벌었습니다.

그는 훗날 『낙제』라는 문장에 다음과 같이 썼습니다.

「인간이라는 것은 생각하면 할수록 미묘하다. 착실하게 공부를 하면 지금까지 알지 못했던 것도 확실히 알 수 있다. 나에게 있어서 낙제는 좋은 약이었다. 만약 그때 낙제를 하지 않고 얼버무리는 생활만 했다면 지금쯤 나는 어떤 사람이 되어 있을지 알 수 없다.」

소설가 소세키는 '낙제'를 또 한 번의 기회가 주어진 것이라고 생각했습니다. 자신의 불성실했던 지난날을 생각하고 새로운 출발점으로 삼았습니다.

우리는 자칫 잃어버린 것들에 불평하고, 놓쳐버린 것들을 아쉬워하며 중요한 시간들을 무의미하게 흘려버리기 쉽습니다. 기회란 고통과 고난 속에 항상 함께 있다는 것을 알면서도 그 존재를 알아차리는 데는 미숙합니다.

인생에는 여러 개의 터널이 있을 수 있습니다. 순간의 잘못된 생각으로 돌이킬 수 없는 실패를 맛볼 수도 있고, 꼭 나의 잘못이 아니더라도 어떤 기류에 휘말려 전혀 의도하지 않았던 방향으로 인생이 흘러갈 수도 있습니다. 어떻게 보면 원망스럽고 답답한 일이지만 원했던 원하지 않았던 돌이킬 수 없는 상황이라면 벗어나기 위한 노력을 해야 하는 것은 당연합니다.

터널을 통과한 후의 세상이 더욱 밝아보이듯 우리의 인생도 마찬가지입니다.

입에 쓴 약이 몸에는 좋다

어느 해, 카네기는 라디오 방송국에 출연한 적이 있었습니다. 그때 카네기는 링컨 대통령의 정책들에 대한 각각의 장단점을 꼬집어 신랄하게 비판했습니다.

그로부터 며칠 뒤, 그는 평소 링컨을 존경해 왔다는 한 여성 청취자로부터 한 통의 편지를 받았습니다. 그 편지는 그가 주장한 몇 가지 이야기가 사실과 다르다는 내용이 든 자료였습니다. 그녀는 사실을 제대로 확인하지도 않았다며 카네기를 비난했습니다.

그동안 수많은 저서로 베스트셀러를 만들어 내며 강연을 했던 카네기는 자신의 명성에 먹칠을 당하는 참을 수 없는 모욕감을 느꼈습니다.

감정이 격해진 그는 즉시 그녀와 똑같은 어투로 비난과 경멸의 답장을 쓰기 시작했습니다. 그가 편지를 다 썼을 때는 이미 비서도 퇴근한 뒤여서, 그는 다음날 아침에 부치려고 책상 위에 편지를 놓아두었습니다.

　그런데 다음날 아침, 편지를 다시 한 번 읽어 본 그는 순간 부끄러운 마음이 들었습니다. 자신이 옹졸하고 교만하게 느껴졌기 때문이었습니다.

　"어제는 내가 너무 흥분한 것 같아. 아무리 화가 나는 일도 하루가 지난 뒤에는 별 것 아닌 것을……."

그는 마음을 차분하게 가라앉히고 책상에 앉아 다시 편지를 쓰기 시작했습니다. 다시 쓴 편지에는 놀랍게도 그런 충고를 해주어서 고맙다는 말과 함께, 자신의 생애에서 가장 좋은 친구로서 기억에 남을 것이라는 사랑에 넘치는 내용이 담겨 있었습니다.

카네기는 그 일을 계기로 화가 나는 일이 있으면 하루가 지난 다음 다시 생각해 보는 습관을 가지게 되었습니다.

그리고 그는 사람들에게 이런 이야기를 하곤 했습니다.

"화가 났을 때 자신에게 하루만 시간을 주십시오. 하루가 지난 뒤에도 화가 나면 화를 내십시오. 그것이 너그러운 사람이 되는 비결입니다."

쓰디 쓴 충고보다는 달콤한 칭찬이 좋은 것은 누구나 느끼는 공통된 감정입니다. 그러나 결코 잘한 일이 아님에도 칭찬을 듣게 된다면 썩 기분이 좋은 것만은 아니겠지요.

칭찬은 여러 가지로 긍정적인 결과를 상승시키는 효과가 있습니다.

그렇다면 조언이나 충고는 어떨까요? 충고나 조언을 받았을 때 그 내용을 듣고 잠시 생각해볼 수 있는 너그러운 마음을 가진 사람은 얼마나 될까요? 겉은 너그러운 듯 보이면서 속은 조급한 사람은 아닌지 모두 생각해볼 일입니다.

입에 쓴 약이 몸에는 좋다고 했습니다.

남이 하는 충고는 비록 들을 때는 쓰지만, 쓴 충고를 깊이 생각하고 받아들인다면 분명 자양분이 될 것은 확실합니다. 아름답고 향기가 나는 사람이란 바로 그런 능력이 있는 사람이 아닐까요?

　또한 아름답고 향기가 나는 사람에게 많은 사람이 따르는 것은 당연한 이치입니다.

데일 카네기의 깨달음

성공학의 거장 데일 카네기의 조카인 조세핀 카네기가 그의 비서가 되려고 뉴욕에 왔을 때의 일입니다.

그 당시 조세핀은 열아홉 살로 3년 전에 고등학교를 졸업했지만 직장 경험이라고는 거의 없었습니다. 그렇기 때문에 처음에는 너무나 서툴고 미숙했습니다. 카네기가 어떤 일거리를 부탁하면 작은 일조차 하루 안에 마치지 못하곤 했습니다. 데일 카네기는 이런 조카의 일하는 모습이 마음에 들지 않아 자주 그녀를 야단치곤 했습니다.

어느 날, 그녀는 카네기가 부탁한 서류 작성하는 일을 끝내지 못했습니다. 순간적으로 화가 난 카네기는 그녀를 야단치려고 불렀습니다. 하지만 그때 데일 카네기는 자신에게 이렇게 자문해보았습니다.

'데일 카네기, 잠시만 기다려, 기다려 보라고! 자네는 그녀의 나이보다 두 배나 많지 않은가? 일의 경험도 그녀의 몇 배나 되고. 어떻게 어린 그녀에게 자네가 가진 생각과 판단, 창의력 등을 기대할 수 있단 말인가? 그러니 이봐 데일, 잠시만 참아보게나. 자네는 열아홉 살 때 무엇을 하고 있었지? 자네가 저지른 우둔하기 짝이 없는 실수들이 기억나지 않는가? 여러 가지 일들을 한 기억이 나느냐고?

그 문제를 놓고 솔직하고 공평하게 심사숙고했습니다. 그러자 어떤 깨달음이 그의 머리를 스치고 지나갔습니다. 조세핀이 자신이 열아홉 살 때보다 더 나으며, 그런 그녀에게 칭찬 한번 제대로 해주지 못했다는 결론을 내리게 되었습니다.

데일 카네기는 그 이후부터 그녀의 실수에 대해 말하고 싶을 때 이 말을 먼저 해주었습니다.

"조세핀, 실수를 했구나. 하지만 맹세코 내 실수에 비하면 아무것도 아니란다. 판단력이란 태어날 때부터 갖고 나오는 것이 아니라 경험을 통해 생기는 거란다. 네 나이 때의 나보다는 그래도 네가 낫구나. 멍청하고 어리석은 행동을 했던 내 자신이 부끄럽게 생각되기 때문에 너를 나무랄 생각은 없단다. 그렇지만 네가 이렇게 해 본다면 더 현명한 일이 아니겠니?"

카네기의 행동이 달라지자 야단을 맞을 때조차, 조카 조세핀은 삼촌의 깊은 마음을 헤아릴 수 있었습니다. 이런 삼촌 데일 카네기의 배려가 담긴 마음으로 인해 조세핀은 훗날 수에즈 서부 지역에서 가장 유능한 비서가 될 수 있었습니다.

우리는 어려서부터 칭찬 속에서 자랐습니다. 가족의 칭찬, 이웃의 칭찬, 스승의 칭찬을 들으며 뿌듯했습니다.

돌이켜보면 내가 글을 쓰는 일을 가장 좋아하게 된 것도 칭찬에서 비롯되었습니다. 연필에 침을 발라가며 쓴 시를 어머니는 세상에서 가장 아름다운 시라고 칭찬하셨습니다. 선생님은 여러 아이의 글 속에서 나의 글을 뽑아 칭찬하셨습니다.

그 칭찬으로 인하여 나는 칭찬받기 위해 더욱 노력했습니다. 나의 작은 돌보임을 이해해 주시는 데서 나는 인간 속에서 어울려 살아가는 기쁨과 화해를 배웠습니다. 누군가의 장점을 찾아

내어 얘기해주는 것이 얼마나 한 사람의 인생을 달라지게 하는
지를 깨달았습니다. 또한 그분들의 기대를 저버리지 않아야 한
다는 사명의식도 가지면서 언제나 올바른 인생을 꿈꾸었습니다.

난 남을 칭찬하기를 좋아합니다. 좋은 점을 찾아내어 얘기해
주는 것이 즐겁습니다. 그러나 그것은 결코 거짓말이 아닙니다.
누구에게나 좋은 점은 얼마든지 있으니까요. 그 좋은 점을 발전
시키는 데 칭찬만큼 훌륭한 도구도 없습니다.

격려가 함께 깃든 칭찬! 상대방의 닫힌 마음을 열어주는 최선
의 약입니다.

23

루소와 소년

프랑스 철학자 루소는 한가한 저녁 무렵이면 집 근처의 작은 공원길을 산책하곤 했습니다. 어느 날 산책길에서 누군가 그의 다리를 덥석 붙잡았습니다.

"저는 오늘 하루 종일 아무것도 먹지 못했습니다. 제발 도와주세요."

초라한 옷차림의 소년은 퀭한 눈으로 간절히 애원했습니다. 루소는 소년의 모습이 너무 딱해 보여 가지고 있던 돈을 털어 소년에게 주었습니다.

그때부터 루소는 매일 산책길에서 그 소년을 만났습니다. 그때마다 얼마큼의 돈을 주는 일을 반복했습니다. 그렇게 몇 달이 지나자, 소년은 루소를 만나면 으레 돈을 받는 것으로 생각했습니다. 그리고 루소도 소년에게 돈을 주는 것을 당연하게 여겼습니다.

어느 날 저녁이었습니다. 그날은 가진 돈이 없어 내일을 기약하며 집으로 돌아오고 있었습니다. 그때 그는 문득 이런 생각을 하게 되었습니다.

'내가 언제까지 저 소년에게 돈을 줄 수 있을까? 내 행동이 그가 혼자 설 수 있는 길을 방해하고 있는 건 아닐까?'

그래서 다음 날 그는 소년에게 돈을 주지 않았습니다.

그러자 소년이 원망스러운 목소리로 말했습니다.

"선생님, 오늘은 왜 돈을 주시지 않고 그냥 가십니까?"

그러자 루소가 말했습니다.

"이제부터 나는 너에게 돈을 주지 않기로 했단다. 내 돈을 받는 것이 당장은 좋겠지만, 그건 네게서 희망을 빼앗는 일이기 때문이지. 이제부터 너는 스스로 노력해서 혼자 힘으로 살아가는 방법을 찾아보도록 해. 희망을 가지고 네 힘으로 살아가다 보면 언젠가는 꼭 성공할 수 있을 거다. 인생을 먼저 경험한 사람으로서 내 조언이 필요하다면 언제든 나를 찾아오너라. 그땐 도움이 되어 주마."

소년은 그제야 고개를 끄덕였습니다.

가끔 남의 도움을 받는 것에 익숙해져 당연하다고 생각하는 사람들을 봅니다. 이해하려 노력을 해보지만 씁쓸한 마음이 드는 것은 어쩔 수가 없습니다. 그렇다고 외면할 수도 없어 작은 도움이라도 줄 수밖에 없습니다.

우리가 하는 일들 중에도 힘이 들어 도움을 청해야 하는 일들이 있습니다. 그러나 힘들다고 해서 너무 자주 도움을 받아선 안 됩니다. 한두 번 주위 사람들에게 도움을 받아 해결하다보면 조금만 힘이 들어도 자신도 모르게 기대는 마음이 생기기 때문입니다. 그러다 보면 혼자서 해낼 수 있는 일의 범위가 차츰 좁아짐을 느낍니다. 결국은 자신감이 줄어들어 의욕조차 잃게 될지도 모릅니다.

어떤 일이라도 '할 수 있다' 는 마음으로 시작해야 합니다. 그리고 스스로 해결해나가는 버릇을 들일 때 스스로도 성장하고 내일이 오늘보다 훨씬 밝을 수 있습니다.

불가능은 없습니다. 자신이 불가능하다고 믿었던 일을 가능하게 했을 때 이 세상 힘들고 어려운 일이란 없다는 것을 알게 됩니다. 누가 더 빨리 그것을 깨우치는가에 따라 인생을 사는 폭과 깊이가 달라질 것이란 생각이 듭니다.

스승과 항아리

옛날 서당에서 한 제자가 큰 잘못을 저질렀습니다.

잠시 후 그 제자의 잘못을 심판하기 위한 징계위원회가 열렸습니다. 그들은 스승에게 사람을 보내어 꼭 참석해서 그의 잘잘못을 따져 달라고 했습니다.

하지만 스승은 웬일인지 그 자리에 참석하기를 거부하며 이렇게 말하는 것이었습니다.

"그를 심판하기 전에 너그러운 마음으로 잘못을 용서해 줄 수는 없느냐?"

그러자 제자들은 냉정한 어조로 대답했습니다.

"저희들도 신중하게 내린 결론입니다. 그러니 스승님께서도 이번에는 저희들의 청을 꼭 들어주십시오."

그들은 끝까지 포기하지 않고 몇 번씩이나 사람을 보내어 참석해 달라며 간곡하게 청했습니다. 스승은 하는 수 없이 서당으

로 갈 채비를 했습니다. 그런데 그는 자신을 데리러 온 한 제자
에게 금이 간 항아리를 준비하도록 시켰습니다. 그리고는 다음
날 그 항아리에 물을 가득 채운 뒤 머리에 직접 이고서 길을 걸
었습니다.

그가 제자들이 있는 서당에 도착했을 때였습니다. 그의 모습
은 항아리에서 줄줄 새어나온 물 때문에 몸이 흠뻑 젖어 행색이
몹시 초라해 보였습니다.

그런 스승의 모습을 본 제자들이 깜짝 놀라며 물었습니다.

"스승님, 어떻게 된 일입니까?"

그러자 스승은 항아리를 내려놓지도 않고 말했습니다.

"내가 저지른 잘못들이 내 뒤에서 떨어지고 있는데 나는 그것들을 보지 못한 채, 오늘은 다른 사람의 실수를 심판하러 온 것이네."

제자들은 스승의 이 말을 듣고 크게 깨달음을 얻었습니다. 그리하여 제자들은 잘못을 저지른 한 제자를 더 이상 문책하지 않고, 그 자리에서 용서해 주었습니다.

세계적으로 성공한 경영자들은 이렇게 말합니다.

"누군가 실수나 잘못을 했을 때 질책보다는 너그러운 마음으로 어깨를 두드려주어라."

경영자들은 질책보다 따뜻한 사랑의 효과가 더 크다는 것을 알고 있습니다. 그들은 남들이 야단칠 때 격려와 용기를 심어주는 일을 잊지 않았습니다. 이런 따뜻한 마음이 그들에게 정상이라는 성공을 안겨주었을 테지요.

대부분의 사람들은 누군가에게서 질책을 당하면 마음의 상처를 입게 됩니다. 자신의 잘못을 인정하기보다는 먼저 상대에 대한 반감을 가지게 되지요. 따라서 상황은 계속 나빠질 수밖에 없는 것입니다.

앞으로 질책보다는 먼저 따뜻하게 미소를 지어보세요. 꼭 질책이 필요하다면 그 사람을 걱정하고 격려하는 마음을 담아 조언해주는 것은 어떨까요? 적대 관계가 아닌 따뜻한 공감대가 형

성될 것입니다. 그리고 실수를 한 사람은 스스로 반성하며 더욱
최선을 다할 것입니다.

괴델의 아이러니

다음 이야기는 수학자 괴델에 관한 일화입니다.

괴델은 1906년 오스트리아에서 태어났습니다. 그는 괴짜 수학 자이자 새로운 이론을 발표해 수학과 논리학 분야에 많은 논란을 가져온 인물이기도 합니다.

당시 논리학자들은 모든 수학적 명제나 식은 '참'과 '거짓'을 판별할 수 있고 이것이 증명될 수 있다고 믿고 있었습니다.

하지만 괴델은 '참'이라고 말할 수는 있지만 증명할 수는 없는 수학적 명제가 존재한다는 '불완전성 정리'를 증명해 수학계에 엄청난 파장을 일으켰습니다.

수학과 논리학 분야에 이렇게 엄청난 기여를 한 괴델이지만 개인사는 불행의 연속이었습니다.

그는 8살 때부터 류머티즘과 심장병 등의 질병을 앓아왔습니다. 또 그는 평생 자신이 어느 날 갑자기 죽지나 않을까 하는 건강 콤플렉스에 시달려야 했습니다.

그 콤플렉스는 그를 신경이 예민한 인물로 만들었고 더 나아가 대인기피증을 가져오기도 했습니다. 대인기피증이 심해지자 주위의 친구들조차 만나길 꺼려했을 정도였습니다.

말년에는 자신을 보살피는 주치의조차 의심해 병원에서 주는 음식을 거부하기까지 했습니다. 그러다가 결국 굶어 죽는 비극을 겪어야 했습니다.

또한 빈 대학에서 한창 활동 중일 때는 나치의 핍박을 피해 고향을 등지고 미국으로 망명하는 불운을 견뎌야 했습니다.

그가 빈 대학의 강사로 근무할 때의 일입니다.

언젠가 급료 지급이 조금 늦어지는 일이 발생했습니다. 그는 자신이 대학으로부터 면직을 당한 것이 아닌가 하는 걱정을 하기 시작했습니다. 걱정은 며칠 동안 그의 머릿속에서 떠나지 않았습니다. 그러다 결국 걱정은 강박신경증으로까지 발전했습니다. 그래서 연구 중인 수학적 증명을 빨리 완성시키지 않으면 대학으로부터 쫓겨날 것이라는 망상에 빠졌습니다.

이때부터 괴델은 매일 연구실에 틀어박혀 지냈습니다. 그는 하루라도 빨리 증명을 완성하기 위해 하루의 거의 모든 시간을 연구에 전력투구했습니다.

결국 콤플렉스 덕분에 '선택 공리의 무모순성 증명', '일반 연속체 가설의 무모순성의 증명' 등 20세기 수학을 빛나게 한 업적들이 세상에 탄생할 수 있었습니다.

괴델은 여러 질병에 대인 기피증까지 앓아야 했습니다. 그리고 결국 친구들까지 만나길 꺼려할 정도였습니다. 그러나 괴델의 불행은 더욱 연구에 박차를 가할 수 있게 하는 힘이 되었습니다. 이런 괴델의 불행은 과학사의 발전으로 이어진 아이러니가 아닐 수 없습니다.

세상에는 개인에게는 불행이지만 다른 사람들에게는 유익이 되는 일이 참 많습니다. 이런 일은 우리 주위에서도 얼마든지 쉽게 볼 수 있습니다. 그렇다고 해서 굳이 슬퍼할 이유는 없습니다. 그저 자신에게 주어진 운명이라고 생각한다면 오히려 마음편할 테니까요.

　세상에는 상식적으로 이해가 되지 않는 아이러니한 일들이 참
으로 많습니다. 그렇기 때문에 세상은 열정적으로 살아야 할 가
치가 있는 것입니다.

그림 「노인과 여인」

중미 카리브 해상에 푸에르토리코라는 나라가 있습니다. 이 나라의 국립미술관에는 죄수의 몸으로 아랫도리만 수의를 걸친 노인이 젊은 여자의 젖꼭지를 물고 있는 「노인과 여인」이라는 그림 한 폭이 걸려 있습니다.

대부분의 방문객들은 늙은 노인과 젊은 여자의 부자유스러운 애정행각을 그린 이 작품을 보며 인상을 찌푸리거나 불쾌한 감정을 나타내곤 합니다.

"이런 해괴망측한 그림이 어떻게 국립미술관의 벽면을 장식할 수 있단 말인가."

"아이구 망측해라. 무슨 생각으로 이런 그림을 걸어 놓았을까."

그림 「노인과 여인」의 앞을 지나갈 때면 모두들 한 마디씩 이런 불평을 늘어놓았습니다.

하지만 사람들은 이 그림에 눈시울을 적시는 감동적인 이야기가 담겨져 있음을 알지 못합니다.

수의를 입은 노인은 바로 젊은 여인의 아버지이며 커다란 젖가슴을 고스란히 드러내 놓고 있는 여인은 노인의 딸입니다. 이 노인은 푸에르토리코의 자유와 독립을 위해 싸운 투사였습니다.

독재정권은 그 노인을 체포해 감옥에 넣고는 가장 잔인한 형벌을 내렸습니다. 그 형벌은 '음식물 투입 금지'였습니다. 물 한 모금도 마실 수 없는 노인은 감옥에서 서서히 굶어 죽어갔습니다.

어느 날 해산한 지 며칠 지나지 않은 딸이 무거운 몸으로 감옥을 찾아왔습니다. 아버지의 임종을 지키기 위해서였습니다. 눈은 퀭하고 앙상하게 뼈만 남은 아버지는 마지막 숨을 몰아쉬고 있었습니다.

그 딸은 자신이 아버지를 위해 마지막으로 무엇을 해줄 수 있을까 생각하다가 젖가슴을 풀었습니다. 그리고는 젖꼭지를 아버지의 입에 물렸습니다.

그림 「노인과 여인」은 부녀간의 사랑과 헌신, 애국심이 담긴 숭고한 작품으로 인정받고 있습니다.

그리고 푸에르토리코인들은 이 「노인과 여인」이란 그림을 그들의 민족혼이 담긴 '최고의 예술품'으로 자랑하고 있습니다. 이 그림은 그들에게 부녀간의 사랑뿐만 아니라 민족애를 고취시키는 계기가 되었습니다.

세상에 가장 강한 끈이 있다면 그것은 바로 부모와 자식 간의 끈입니다. 아무리 거친 시련이 닥치더라도 끝끝내 끊어지지 않고 더욱 단단해지는 끈이기도 합니다.

「불경」에 보면 이런 말이 나옵니다.

'부모를 사랑하는 사람은 남을 미워하지 않으며, 부모를 공경하는 사람은 남을 얕보지 않는다.'

주위에는 부모를 사랑하고 공경하는 사람이 많습니다. 당연한 일임에도 그들을 다시 한 번 돌아보면 마음이 아려옵니다.

우리의 부모님은 자신보다 자식을 위해 사셨습니다. 가끔 이런 생각을 해봅니다. 나의 부모님이 내게 한 것처럼 나도 내 자식에게 그렇게 할 수 있을까?

자존을 위해 눈을 찌른 화가

조선 영조 때 산수화에 뛰어났던 최북은 사람들 사이에서 최산수라 불렸고 기인으로 통했습니다.

그는 스스로를 '칠칠이'라고 했는데 이는 자신의 이름에 쓰인 북(北)자를 둘로 나누면 칠(七)이 두 개가 되기 때문이었습니다. 그러나 칠칠이는 당시 못난이, 바보를 일컫는 속어였습니다. 거기에다가 그림에 대해서만은 누구보다 자부심이 강해 붓한 자루에만 의지해 먹고살겠다는 각오를 담아 호생관이라는 호를 사용하기도 했습니다.

최북은 기인이었을 뿐 아니라 그 무엇에도 얽매이는 것을 싫어했습니다. 그는 그토록 좋아하는 그림도 자신이 그리고 싶을 때만 그렸습니다. 그래서 아무리 높은 벼슬에 있는 사람이 부탁하거나, 부자가 많은 돈으로 유혹해도 절대로 자신의 양심에 꺼리는 그림은 그리지 않았습니다.

최북의 산수화 솜씨는 이웃 마을 사람들에게까지 소문이 났습니다. 하루는 그의 산수화 솜씨를 들은 지체 높은 세도가가 그에게 찾아왔습니다.

　"여보게, 자네가 그토록 산수화를 잘 그린다지? 돈은 얼마든지 줄 테니 얼른 내가 원하는 그림을 그리도록 하게."

　세도가는 거만스러운 투로 그림을 그리라고 말했습니다. 하지만 최북은 세도가를 찬찬히 살펴보더니 고개를 저을 뿐이었습니다. 이유는 거만한 데다 그림을 아름다운 예술로써 보기보다 단순한 사치품 정도로 생각하는 세도가의 태도가 마음에 들지 않았던 것이었습니다.

세도가는 처음에는 최북을 달래기도 하고 자신의 권력을 들먹이며 여러 차례 협박을 하기도 했습니다. 그런데도 끝내 최북이 자신의 말을 듣지 않자 마침내 그를 잡아다 가두었습니다.

세도가는 강한 말투로 최북에게 말했습니다.

"정말 내가 원하는 그림을 그리지 않을 것이냐?"

최북은 담담하게 대답했습니다.

"저는 제가 그리고 싶을 때만 그림을 그리지, 함부로 그리진 않습니다."

그림을 그리지 않겠다는 최북의 말에 화가 난 세도가는 큰 소리로 말했습니다.

"네가 그림을 그리지 않겠다면 당장 눈을 뽑아 버리겠다!"

하지만 최북은 고개를 숙이기는커녕 불같이 화를 내며 이렇게 말하는 것이었습니다.

"당신이 이 나라를 다스리는 임금일지라도 나를 강제로 그림을 그리게 하진 못할 것입니다. 왜냐하면 나의 주인은 나이기 때문이오. 그렇기 때문에 당신에게 눈을 잃느니 차라리 내 스스로 눈을 뽑아버리겠소."

최북은 이렇게 말하고는 스스로 한쪽 눈을 칼로 찔러 버렸습니다. 그 순간 세도가를 비롯해 주위에 서 있던 하인들은 놀라 입을 한동안 다물지 못했습니다. 이런 최북의 대담한 행동에 당황한 세도가는 결국 그를 풀어 줄 수밖에 없었습니다.

그 뒤 최북은 평생을 애꾸로 살아야 했습니다. 하지만 최북은 한 번도 자신의 행동을 후회하지 않았습니다.

　최북은 죽음 앞에서도 진정한 자유로운 인간으로, 소박한 화가로 남고 싶었습니다. 그런 그가 화폭에 담은 것은 신분사회라는 굴레에도 불구하고, 한 인간으로서 누리고 싶은 소박한 자유였던 것입니다.

　화가에게 눈은 목숨과 같이 귀중한 것임에도, 스스로 눈을 찔러가면서 기성의 권위와 강요에 굴복하지 않는 기질을 보여주었던 화가 최북의 이야기는 예술가의 자유에 대해 말해주는 대표적인 이야기입니다.

　그는 술을 마시며 전국을 주유했다고 합니다. 구룡연에 이르렀을 때는 그 경치에 탄성을 터트리다가 “천하의 명인이 천하의 명산에서 죽는 것이 마땅하다”며 못 속에 뛰어든 소문대로 정말 기인이기도 했습니다.

　최북은 경치에 취하고 술에 취하고 인정에 취했고 자기 예술에 도취되어 살았습니다.

　욕심이 없었지만 예술에서만큼은 광기의 기질이 있어, 예술가는 당당한 자유인이어야 한다는 것을 행동으로 보여주었습니다.

43

비극적인 사랑

　삶의 은인이자 연인인 판사의 명예회복을 위해 영혼을 불사른 어느 매춘부의 죽음이 프랑스인들의 가슴을 감동으로 물들였습니다.

　얼마 전 어느 일간지에는 촉망받는 판사였던 필립 르 프리안과 남편의 도박 빚 때문에 사창가에 팔려간 젊은 매춘부 마리 아르방의 슬픈 사랑이 실렸습니다. 이 기사는 마리의 자살을 계기로 세상에 알려졌다고 적고 있었습니다.

　1987년 리용의 형사담당 필립은 소장 판사의 직무를 맡고 있었습니다. 필립은 평소 매춘문제에 관심을 갖고 있었습니다. 그래서 그는 밤마다 홍등가에 나가 매춘부 계도에 나서곤 했습니다. 꾸준한 노력으로 인해 거리의 여인 몇몇은 새 삶을 살게 되었습니다. 그리고 그 때 훗날 그의 운명이 될 마리를 만나게 되었습니다.

평소 포주에게 심한 학대를 받아온 마리가 하루는 목숨마저 위태로운 긴박한 상황에 처하자 그에게 구원을 요청했습니다. 마리에게서 요청을 받은 필립은 마리를 자신의 집으로 피신시켰습니다. 하지만 조직을 끼고 있는 홍등가에서 마리를 구해내는 것은 생각처럼 쉽지 않았습니다.

그는 혼신을 다해 그들로부터 그녀를 탈출시키는 데 성공했습니다. 그러자 격분한 포주는 필립을 가만 두지 않았습니다. 그 일로 인해 필립은 당국의 징계조사위원회에 회부되었습니다. 그리고 결국 1년간의 조사 끝에 그는 해임되고 말았습니다.

징계위원회는 그의 인간애와 청렴 결백성은 높이 샀지만, 사적인 활동에 판사의 권한을 남용했다는 이유를 들어 그를 해임했던 것이었습니다.

필립은 실의의 나날을 보냈고 마리는 그런 필립을 따뜻하게 맞아주었습니다. 그리하여 결국 두 사람은 사랑에 빠졌고 동거를 시작했습니다. 또한 두 사람은 억울함을 호소하는 탄원서를 내며 긴 복직싸움을 벌였습니다.

몇 년이 흘렀습니다.

오랜 기다림 끝에 1995년 법무장관으로부터 복직 약속을 받아냈습니다. 하지만 운명은 그들의 편이 아니었습니다. 프랑스의 조기총선으로 정권이 바뀌면서 법무장관과의 약속은 물거품이 되어버리고 말았던 것입니다.

어느 날, 마리는 자신이 연인의 복직에 장애가 될지 모른다는 생각이 들었습니다. 신분의 벽을 뛰어넘은 그의 사랑이 과분하다고 느꼈던 것입니다.

그 후로 두 사람은 별거에 들어갔습니다. 시간이 지날수록 두 사람의 이룰 수 없는 사랑은 더욱 애절해졌습니다. 그런 가운데 필립은 죽을 각오로 단식투쟁을 벌였습니다. 그러자 법무부에서는 복직을 검토하겠다는 약속을 했습니다.

그러나 당국이 차일피일 시간을 끌자 이번엔 마리가 필립과 함께 다시 3주간의 단식을 시작했습니다. 법무장관으로부터 답변은 끝내 오지 않았고, 마리는 결국 사랑을 위해 최후의 길을 선택했습니다. 단식으로 몸이 극도로 쇠약해진 상태에서 수면제를 먹은 것이었습니다.

"필립의 복권에 걸림돌이 된다면 나는 없어질 것"이라는 유언을 친구에게 남긴 채 사랑하는 사람을 떠나고 말았습니다.

마리가 완전히 세상을 떠나던 날 하늘에서 비가 내렸습니다.

"저는 한낱 창녀일 뿐이에요. 제게 미안할 필요 없어요."

라디오에서는 록오페라「노트르담 드 파리」의 노래가 흐르고 필립과 마리가 못다 부른 세레나데는 온 파리 시민의 가슴을 적셨습니다.

신분을 뛰어넘은 사랑 앞에서 우리는 경건해질 수밖에 없습니다. 사랑은 언제나 맹목적이지만 사랑을 위해 목숨을 버리고, 사랑을 위해 신분을 버리는 사랑의 이야기는 어울리는 사랑만을 추구하는 현대인에게 사랑의 본질이 무엇인가를 생각하게 합니다.

법칙대로 사랑한다면 이 세상에 비극적인 사랑은 존재하지 않을 것입니다.

사랑의 불안정성, 사랑의 맹목적성으로 인해 사랑의 가치는 그만큼 숭고할 수 있습니다.

사랑한다면 상대의 모든 것을 온전히 안을 수 있어야 합니다.

우리가 세상을 살아가는 주된 목적은 서로 사랑하는데 있지 않을까 생각해봅니다. 다른 사람을 온전히 껴안는 것, 이보다 더 가치 있는 일은 없을 겁니다.

좌절에 빠진 사람에게 있어 가장 중요한 것은 사랑입니다. 진심이 담긴 사랑의 손길을 내밀 때 좌절의 구렁텅이에서 벗어날 수 있습니다. 그리고 다시 눈부신 희망 속으로 걸어갈 수 있을 것입니다. 사랑 안에 희망이 함께 깃들어 있기 때문입니다.

더불어 사는 행복

어느 종합병원에 태어난 지 얼마 되지 않은 쌍둥이가 있었습니다.

한 아이는 몸이 약해서 인큐베이터 속에서 혼자 죽음을 맞이할 수밖에 없는 상황이었습니다. 의사는 부모에게 두 아기 중에 이 아기는 며칠을 못 넘길 것이라고 말했습니다.

하지만 이 아기를 가엾게 여긴 한 간호사는 반드시 아기가 살아날 거라고 믿었습니다. 간호사는 병원의 수칙을 어기면서까지 두 아이를 한 인큐베이터 속에 넣어 두었습니다. 그러자 도무지 믿을 수 없는 일이 일어났습니다.

건강한 아기가 자신의 팔을 뻗어 몸이 약한 아기를 포옹하는 것이었습니다. 그때부터 놀랍게도 몸이 약한 아이의 심장과 박동이며, 체온까지 모두 정상으로 돌아왔습니다. 그렇게 해서 그 아기는 건강을 되찾을 수 있었다고 합니다.

우리에게 주어지는 시련 중에서 극복할 수 없는 시련은 그다
지 많지 않습니다. 단지 극복해보려는 시도도 없이 포기해버린
다거나, 혼자만의 힘으로 해결하려고만 하기 때문에 극복할 수
없다고 믿게 되는 것입니다.

어느 잡지에 이런 글이 실렸습니다.

「사람들 중에 80%가 시련이 닥쳤을 때 스스로 해결하려고 한
다. 왜 주위 사람들에게 도움을 구하지 않느냐고 물었을 때 대다
수가 자존심 때문이라고 대답했다.」

혼자 힘으로 해결할 수 없어 누군가에게 도움을 요청하는 일
은 부끄러운 일이 아닙니다. 오히려 그 반대입니다.

한 사람은 누군가에게서 도움을 받을 수 있어 좋고, 또 한 사람은 누군가에게 도움을 줄 수 있어 기쁩니다. 사람은 이렇게 더불어 살아갈 때 행복합니다.

　마음은 표현하지 않으면 상대방이 느낄 수 없습니다. 무엇보다 중요한 것은 그 마음을 표현하는 것입니다.

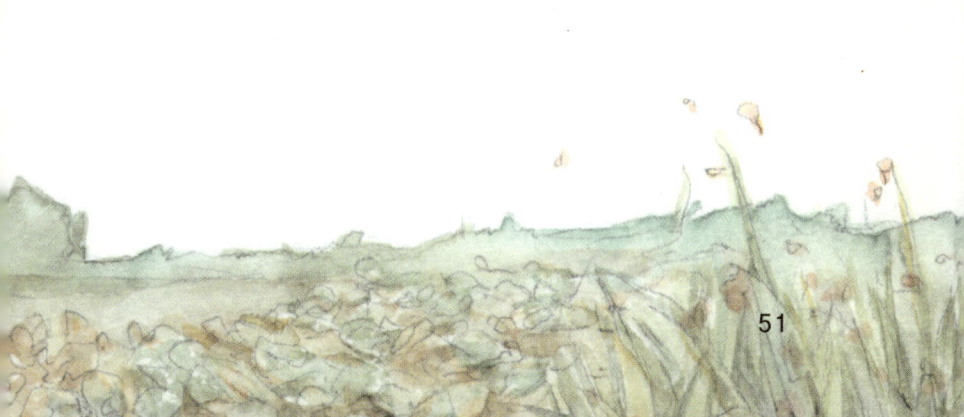

사소한 것처럼 보이는 아름다운 관계

　세상에는 아름다운 관계가 참 많습니다. 일정한 거리로 서 있는 나무들 간의 간격, 시냇물이 졸졸 정겨운 소리를 낼 수 있게 해주는 돌멩이, 향기를 머금고 있는 꽃과 꿀을 채취하는 벌 등 하나하나 열거하자면 끝도 없을 것입니다. 우리가 이 모든 것들에게서 아름다움을 느낄 수 있는 것은 서로를 향한 배려 때문입니다.

　먼저 자기만을 생각하는 사람과는 달리 나무들은 일정한 간격을 두고 서 있습니다. 만일 여러 나무들이 바짝 붙어서 서 있다면 골고루 영양분을 공급받지 못해 병에 걸리고 말 것입니다. 하지만 나무는 자기보다는 먼저 다른 나무를 생각하는 따뜻한 마음을 잃지 않습니다. 그래서 자기는 메마르고 척박한 땅에 서 있더라도 다른 나무가 서 있는 영역을 침범하지 않습니다.

　시냇물이 졸졸 흘러가는 소리가 귀에 정겹게 들립니다. 이런

소리는 흐르는 시냇물에 자신의 작은 몸을 던진 돌멩이의 헌신
이 담겨 있습니다. 만약, 돌멩이가 없다면 아무런 소리도 없이
시냇물은 강물까지 흘러갈 것입니다. 그렇다면 너무나 적막하고
쓸쓸할 것입니다.

산에 들에 예쁘게 피어있는 꽃도 그렇습니다. 혹독한 겨울 추
위를 견디고 거친 땅 위로 싹을 틔웁니다. 때로 꽃샘추위에 고생
도 하고 거친 비바람에 고통스럽기까지 합니다. 그러나 결국 이
모든 시련을 이기고 아름다운 향기를 머금고 있는 예쁜 꽃으로
피어나는 것입니다.

꽃이 아름다운 것은 겉으로 보이는 외관뿐만이 아닙니다. 꿀을 채취하기 위해 향기를 맡고 날아온 벌에게 기꺼이 자신을 내어줍니다. 벌 또한 꽃잎이 다치지 않도록 조심스레 꽃잎 속에서 꿀을 채취합니다. 이런 꽃과 벌의 모습은 일정한 간격으로 서 있는 나무의 모습만큼이나 감동을 줍니다.

우리는 어떻습니까? 자신에게 꼭 필요한 것은 어떠한 수를 써서라도 상대방에게서 얻어내려고 하지 않습니까? 또한 상대방에게 상처를 주고 마는 냉정함이 마음속에 가득 차 있지 않습니까?

이제는 달라져야 합니다. 상대방에게 상처를 주면 바로 자신에게 상처를 준 것과 같습니다. 왜냐하면, 사람은 혼자서 살아갈 수 없는 존재이기 때문입니다. 결국은 그 상처가 자신에게로 고스란히 돌아오는 것입니다.

사람과 사람 사이에도 나무와 나무의 간격, 시냇물과 돌멩이, 꽃과 벌 같은 관계가 이루어졌으면 좋겠습니다. 이런 관계가 이루어진다면 이 세상은 꽃향기보다 더 아름다운 삶의 향기로 가득할 것입니다.

열심히 일한 당신, 즐겨라

우리 주위에는 수많은 즐거움이 있습니다.

여행을 떠나거나 평소 좋아하는 가수의 음악을 들을 때 느끼는 즐거움, 맛있는 음식을 먹을 때 느끼는 즐거움, 그리고 책을 읽을 때 느끼는 즐거움 등 사람마다 즐거움을 얻는 매개체나 방법은 다르겠지만 비록 커다란 것이 아니더라도 얼마든지 즐거움은 도처에 산재해 있습니다.

우리가 살고 있는 세상은 온통 즐거움을 주는 요소들로 가득 차있습니다. 그런데 왜 많은 사람들은 즐거움을 느끼기보다 더 많이 고통스러워하고 괴로워하며 사는 것일까요?

조심스럽지만 생각의 차이라고 말하고 싶습니다.

비가 내리는 날, 한 사람은 내리는 빗줄기를 보며 '비가 그치고 나면 세상이 깨끗하게 변하겠구나.' 라고 생각합니다.

또 한 사람은 '길이 지저분해서 걸을 수도 없겠는 걸. 비는 도움이 안 돼' 라며 투덜거릴 수도 있습니다.

하지만 이왕이면 비를 부정적으로 보기보다 긍정적으로 보면 마음이 한결 가벼워지지 않을까요. 뿐만 아니라 내리는 비를 바라보며 향긋한 차 한 잔과 함께 여유를 가지며, 모처럼 고즈넉한 분위기에 젖을 수도 있을 테고요. 세상은 이처럼 어떠한 시각으로 바라보느냐에 따라 즐거울 수도 그 반대일 수도 있습니다.

즐거움은 여러 형태로 우리 주위에 널려 있습니다. 너무 크고 거창한 것만 찾는 나머지 작은 것들에서 느낄 수 있는 마음의 여유를 가지고 있지 못할 뿐입니다. 무관심은 외면과 하등에 다를 것이 없습니다. 즐거움을 외면하기보다는 즐길 줄 알아야 합니다. 바쁜 일상생활에서 쌓인 피로나 스트레스를 푸는 방법 중에 작고 사소한 것에서 즐거움, 기쁨을 찾으라고 권하는 것을 보면 마음의 평정을 유지하는 것이 결코 그렇게 어려운 일이 아니라는 것을 알 수 있습니다.

기계를 쉬지 않고 가동하면 고장이 나듯이 사람 또한 쉬지 않고 일만 할 순 없습니다. 유능한 사람일수록 일에 못지않은 휴식을 취한다고 합니다. 그리고 그렇게 함으로써 일에 대한 능률이 더 오르고 결과 역시 만족도가 높게 나타납니다.

혹시 주위에 "나는 일하는 게 노는 거야!", "젊을 때 죽어라고 일해야 나이 들어 고생 안 하지!" 하는 사람이 있을 것입니다. 이런 사람들은 훗날 자신이 안정된 위치에 있더라도 불안하여 제대로 휴식을 취하지 못한 채 일만 하는 기계로 전락해 있을지도 모릅니다.

지금 이 시대는 열심히 일만 해선 인정받을 수 없습니다. 열심히 일하는 만큼 인생을 유익하게 보내는 방법을 익혀야 합니다.

열심히 일한 당신, 즐겨라!

사람의 향기, 말

꽃에게 향기가 있다면 사람에게는 말(言)이 있습니다. 꽃의 향기가 아름다울수록 외관 또한 더 아름답습니다. 사람도 마찬가지입니다. 외모가 잘 생기고 예쁜데, 말까지 곱고 정감이 간다면 더욱 멋있게 보일 테지요. 사람은 말 한 마디에 자신의 인격을 높일 수도 있고, 깎아 내릴 수도 있습니다.

『태평어람』에 보면 이런 말이 나옵니다.

'질병은 입을 좇아 들어가고 화근은 입을 좇아 나온다.'

사람이 살면서 겪는 많은 문제 가운데 말실수로 인해 겪는 문제도 참 많습니다. 상대방에게 아무 생각 없이 툭 던진 말 한 마디가 훗날 비수가 되어 자신에게로 되돌아오기도 합니다.

또한, 상대방이 얄밉고 마음에 들지 않는다는 이유로 일부러 상처를 주는 말을 골라 하는 사람도 있습니다.

하지만 상대방에게 상처를 주는 이런 말은 머지않아 고스란히

자신에게로 되돌아오게 됩니다. 잊지 말아야할 것은 자신에게
돌아온 그 말이 주는 상처는 자신이 상대방에게 주었던 상처보
다 더 크다는 것입니다.

조선 시대 연산군 때 임사홍이라는 사람이 있었습니다.
임사홍은 글재주가 뛰어나고 수단이 훌륭하여 일찍이 높은 벼
슬자리에 올랐습니다.

그러나 연산군이 잘못을 저지를 때에 말리기는커녕 도리어 부추기기까지 했습니다. 그는 상대방이 잘못하지 않았는데도 잘못했다고 중상모략까지 일삼았습니다. 그리하여 많은 선비들이 임사홍 때문에 목숨을 잃고 말았습니다.

연산군 12년, 마침내 난폭한 왕과 신하들을 쫓아내기 위한 반정군이 일어났습니다. 반정군은 연산군을 내쫓고 진성대군을 왕으로 추대했습니다. 그리고 임사홍 때문에 고초를 겪은 선비들이 임사홍을 처형하도록 왕에게 요구했습니다. 진성대군은 선비들의 목소리를 외면하지 않았고, 임사홍은 형장의 이슬로 사라지고 말았습니다.

임사홍은 살아있는 동안 남을 해치는 말을 많이 하기로 유명했습니다. 그래서 많은 선비들이 그와 부딪히지 않으려고 피해 다니기까지 했습니다. 하지만 결국 남에게 해를 끼치는 그 말이 다시 자신에게로 되돌아왔던 것입니다.

말하기 좋다 하고 남의 말 말 것이며
남의 말 내 하면 남도 내 말 하는 것이
말로써 말 많으니 말 말을까 하노라.

옛시조나 속담을 통해 보면 옛날이나 지금이나 사람 사는 곳에 말이 많기는 마찬가지였다고 생각됩니다. 세상에 흉 없는 사람이 없다고 했는데도 우리는 남의 흉을 크게 보려 합니다. 가끔은 자기의 허물을 가리려 남의 흉을 들춰내는 경우도 있습니다.

　남의 흉을 볼 때 하는 손가락질을 살펴보면, 남을 가리키는 손가락은 하나이지만, 그 뒤에서 숨은 듯이 나를 가리키는 손가락은 세 개나 됩니다. 남의 흉을 잡는 일이 내 흉을 가리기 위한 것이라면 그것이야말로 손바닥으로 하늘을 가리는 일과 무엇이 다르겠습니까.

선의의 경쟁은 성공 비타민

지사가 여러 개인 공장 가운데 유독 실적이 올라가지 않는 공장이 있었습니다. 사장은 공장장을 불러 그 원인을 물어보았습니다.

"당신은 상당히 수완이 있고 유능한데 의외로 실적이 저조한 것은 어찌된 일인가요?"

공장장은 이렇게 대답했습니다.

"저도 모르겠습니다. 아무리 달래도 보고 해고시키겠다고 위협도 해보았지만 소용이 없었습니다. 사람들이 도무지 일을 하려고 하지 않으니까요."

이런 대화는 그날 야간 근무조가 출근하기 전에 오고 갔습니다. 사장은 공장장에게 분필 한 개를 달라고 하더니 가까이 있는 종업원에게 물었습니다.

"오늘 용해 작업을 몇 번이나 했소?"

종업원은 건성으로 대답했습니다.

"여섯 번입니다."

아무 말도 하지 않은 채 사장은 바닥에 6 이라는 숫자를 크게 썼습니다. 그런 다음 나가 버리는 것이었습니다. 잠시 후 야간 근무조가 출근해서 보니 바닥에 6 이라는 숫자가 적혀 있었습니다. 이를 이상하게 여긴 야간 근무조가 6 이라는 글씨를 보며 무슨 뜻이냐고 물었습니다.

"바닥에 적힌 이 숫자는 무엇인가요?"

주간 근무자가 대답했습니다.

"오늘 사장님이 이곳을 다녀가셨네. 용해 작업을 몇 번했느냐고 물으시길래 여섯 번 했다고 말씀 드렸더니 저렇게 써 놓으시더군."

그 다음날 아침이었습니다.

사장이 다시 공장 안에 나타났을 때 이상한 일이 일어났습니다. 야간 근무조가 '6'을 지워 버리고 그 자리에 대신 큰 글자로 '7'이라고 써 놓았던 것이었습니다. 또 다음날 아침 주간 근무조가 작업 보고를 하러 들어섰을 때, 바닥에 '7'이라는 글자를 보게 되었습니다.

주간 근무자들은 이렇게 생각했습니다.

'아니, 야간 근무조가 주간 근무조보다 일을 더 많이 했다고 생각한단 말인가? 야간 근무 조에게 뭔가를 보여 주겠어.'

주간 근무자들은 열심히 일했으며 작업이 끝난 후에는 '10'이라고 적어 놓았습니다.

그리고 역시 야간 근무자들도 이렇게 생각했습니다.

'이럴 수가! 주간 근무조가 우리보다 더 많은 실적을 올렸다고? 우리도 이렇게 그냥 있을 수는 없지, 오늘은 더 열심히 일해서 주간 근무 조에게 우리의 실력을 보여주자고!'

이렇게 작은 재치 하나로 항상 생산량이 뒤져 있던 이 공장은 그 뒤 얼마 안 가 다른 공장보다 더 많은 상품을 생산할 수 있었습니다.

경쟁이라고 해서 모두 나쁜 것은 아닙니다. 오히려 선의의 경쟁은 서로에게 좋은 결과를 가져다줍니다. 실력이 조금 모자라는 사람은 상대방을 보면서 더욱 분발할 수 있습니다. 그리고 실력이 뛰어난 사람은 자신의 위치를 지키기 위해 긴장감을 늦추지 않지요. 무엇보다 중요한 것은, 하고 있는 일에 활력이 붙고 조금씩 그 일이 발전하고 있다는 것입니다.

목표를 이루기 위해서는 자신보다 뛰어난 사람과 경쟁할 필요가 있습니다. 선의의 경쟁은 활력을 주는 성공 비타민이기 때문입니다.

한 음악가의 슬픈 이야기

작곡가 안익태 선생에 의해 「애국가」, 「한국 환상곡」이 세상에 태어났습니다. 작곡가 안익태 선생보다 더 많은 사랑을 받는 이 노래들은 일본에 의해 핍박받던 시절, 가슴 깊이 맺힌 우리의 한을 달래 주었습니다.

안익태 선생은 1940년까지 슈트라우스의 보조지휘자로 있다가 독일에서 독자적인 지휘자의 길을 걸었습니다. 그리고 그는 1945년 제2차 세계대전이 끝나자, 에스파냐 출신의 로리타와 결혼해 에스파냐 국적을 얻었습니다. 그 뒤 마드리드 마요르카 교향악단의 상임지휘자와 영국과 이탈리아, 미국 등의 저명한 교향악단 객원 지휘를 담당했습니다.

안익태 선생이 로리타와 행복한 신혼 생활을 보낼 무렵이었습니다.

바르셀로나에서 비행기로 한 시간 떨어진 지중해의 팔마섬 마요르카로 이사를 하게 되었습니다. 그때는 세계대전이 끝나고 우리나라도 광복을 맞은 시기였습니다. 하지만 혼란한 국내 상황과 바쁜 음악 활동 때문에 귀국은 생각할 엄두조차 없었습니다. 그 당시 안익태 선생은 조금씩 명성을 얻어가고 있었습니다.

부인 로리타는 근사한 보금자리를 꿈꾸며 행복에 젖어 있었습니다. 부인 로리타는 마요르카에 집을 장만하자고 남편에게 졸랐습니다. 하지만 안익태 선생은 사랑하는 아내의 청을 한마디로 거절했습니다.

"나는 언젠가 조국으로 돌아갈 사람이오. 집은 사서 무엇 하겠소?"

1955년 그는 이승만 대통령의 여든 번째 생일을 축하하기 위해 귀국했습니다.

하지만 그를 맞은 조국의 분위기는 호의적이지 않았습니다. 유럽 음악의 변방에 불과한 스페인의 작은 교향악단 지휘자라는 비아냥거림도 들려왔습니다.

결국 그는 조국의 냉대를 안고 다시 스페인으로 돌아가야 했습니다. 스페인에서는 안익태 선생을 '마에스트로 안'이라 부를 정도로 칭송이 자자했습니다. 그리고 마요르카에서는 안익태 거리를 만들 정도로 사랑 받았습니다. 하지만 그런 그가 정작 조국에서는 외면당한 것이었습니다.

그는 결국 타국에서 1965년 눈을 감았습니다. 그가 눈을 감을 때도 서울 국제음악제 때 자신이 지휘 녹음했던 레코드를 들었을 정도로 한국을 사랑했습니다.

안익태 선생은 조국에 돌아가고 싶은 마음에 평생 동안 집 한 채 마련하지 않았습니다. 그리고 평생 동안 그에게 남아 있었던 것은 조국을 향한 그리움뿐이었습니다. 우리가 부르는 애국가 속에는 이렇듯 한 음악가의 슬픈 이야기가 담겨 있습니다.

처음 우리나라 애국가는 스코틀랜드 민요인 올드랭사인이란 곡에 지금의 애국가 가사를 붙여서 민중들과 독립운동을 하는 사람들이 국가처럼 불렀습니다.

안익태 선생은 우리 국가를 남의 민요에 붙여 노래하는 것을 안타깝게 여겨, 자신이 그 가사에 직접 곡을 만들고 교향시 "한국 환상곡"에 포함시켜 자신이 지휘하는 모든 곳에서 그 곡을 반드시 연주하도록 했습니다.

서양인들도 우리말 가사로 된 합창을 해야 했던 것인데 당시로서는 보통일은 아니었습니다. 세계적으로 유명한 카네기홀에서 뉴욕 필하모니의 연주와 뉴욕 합창단의 합창으로 첫 연주를 하게 되었을 때 웅장하게 울려 퍼졌던 애국가는 감동 그 자체였습니다. 키 작고 볼품없는 동양인 지휘자를 무시했던 단원들은 연주가 끝나자 극찬을 아끼지 않았다고 합니다.

열정의 텃밭 – 사랑과 이해

사랑이 담긴 종이쪽지

　뉴볼드 모리스는 트루먼 대통령의 보좌관으로 백악관에서 요직을 맡고 있었습니다. 어느 날, 그는 자신에 대해 나쁜 소문이 떠도는 것을 듣게 되었습니다.

　소문의 내용은 대통령의 보좌관이라는 직책을 이용해 개인적 사업을 유리하게 끌어가고 있다는 것이었습니다. 하지만 그는 그것을 대통령의 정책을 못마땅하게 생각하는 사람들이 퍼뜨린 헛소문이라 생각하고 신경 쓰지 않았습니다.

　시간이 지나면서 소문은 눈덩이처럼 불어나 결국 의회의 특별 심문을 받게 되었습니다. 의회에 출석한 그는 자신이 중상모략을 당하고 있다는 것을 거듭 주장했습니다.

　하지만 의원들의 추궁은 한층 더 날카로워질 뿐이었습니다. 화가 난 그의 목소리는 점점 높아졌고, 너무 흥분한 나머지 논리적으로 설명할 수도 없게 되었습니다.

그렇게 한참 동안 화만 내고 고함을 치던 그가 양복 윗주머니에서 종이쪽지 한 장을 꺼내 읽는 것이었습니다. 잠시 후, 냉정함을 잃은 지금까지와는 달리 얼굴에 웃음을 지었습니다. 그리고 의원들의 질문에도 부드럽게 대답하기 시작했습니다.

한 의원이 달라진 그의 태도를 이상하게 여기고 그 쪽지에 뭐가 적혀 있는지 심문을 하듯이 물었습니다.

"모리스 씨, 방금 윗주머니에서 꺼내 읽은 것이 무엇입니까?"

그러자 얼굴에 미소를 띤 채 모리스가 대답했습니다.

"저는 화가 나면 저도 모르게 목소리가 커지고 옷을 벗어 던지는 습관이 있습니다. 지금도 화를 참지 못하고 옷을 벗어 던질 요량으로 우연히 주머니에 손을 넣었습니다. 그런데 제 아내가 주머니에 '여보, 아무데서나 함부로 옷을 벗지 마세요.' 라고 쓴 쪽지를 넣어 두었더군요. 그 쪽지를 읽었습니다."

그의 말이 끝나자 의원들은 모두 한바탕 웃을 수 있었습니다. 그러자 이내 딱딱하기만 하던 분위기가 부드럽게 풀어졌습니다.

양복 윗주머니에 들어 있던 종이쪽지는 성격이 급한 남편이 실수하지 않도록 배려한 아내의 사랑이었습니다. 이런 아내의 지혜로 모리스는 침착하게 자신의 결백을 입증할 수 있었습니다.

누군가와 대화하다보면 가끔 화를 내기도 합니다. 자신의 의견이 관철되지 않는다고 해서 음성을 높이기도 합니다. 그러다 보면 감정이 날카로워져 서로의 입장 차이만 커질 뿐입니다.

화를 내게 되면 감정을 조절하지 못해 정작 하고 싶은 말을 조리 있게 할 수 없게 되는 것은 당연합니다. 그렇기 때문에 화가 나더라도 호흡을 가다듬고 냉정함을 잃지 않는 지혜가 필요합니다.

내가 아는 사람은 화가 치밀 때는 마음속으로 숫자 열을 센다고 합니다. 그 열을 셀 때까지 감정이 누그러지면서 냉정함을 찾을 수 있다는 것입니다. 차분함과 냉정함을 잃지 않을 때 자신이 생각했던 말을 제대로 할 수 있고, 또 상대방에게서 원하는 것을 얻을 수도 있습니다.

사람들은 말을 잘하는 사람이 되고 싶어 합니다. 사람들의 이런 마음을 대변해주듯이 서점에는 수십 권의 말 잘하는 비결을 적어 놓은 책이 진열되어 있습니다. 하지만 그런 책들이 말 잘하는 비결을 명쾌히 알려주지는 못합니다.

그러나 한 가지 확실한 것은 먼저 남의 말을 끝까지 들어주는 '인내'의 중요성입니다. 자신의 주장만을 앞세우려 할 때 이미 대화라는 해결책은 사라지고 충돌로 이어질 수밖에 없습니다. 커다란 사건들의 원인도 아무것도 아닌 사소한 일에서부터 시작되었다는 것을 생각한다면 자신의 감정을 조절하는 능력의 중요성을 다시 한 번 실감하게 될 것입니다.

금메달보다 더 소중한 가족

운동선수에게 있어 올림픽에 출전해서 금메달을 목에 거는 것 보다 더 큰 기쁨은 없습니다. 올림픽 금메달은 모든 운동선수들 의 평생 꿈이자 최고의 영광이기 때문입니다.

1924년 조정 경기 분야에서 당시 세계 최고 기록을 자랑하던 미국의 빌 헤이븐즈에게도 마찬가지였습니다.

그는 금메달을 위해 밤낮 가리지 않고 땀을 흘렸습니다. 그리 고 마침내 꿈에 그리던 파리 올림픽 출전을 눈앞에 두고 있었습 니다.

하지만 그는 미국 대표 팀이 파리를 향해 떠나는 날 공항에 나 타나지 않았습니다. 그의 아내가 출산을 앞두고 있었기 때문이 었습니다.

처음에 빌은 올림픽에 출전해야 할지, 아니면 아내 곁에 남아 야 할지 망설였습니다. 올림픽에 출전만 하면 그가 금메달을 따는 것은 어렵지 않았기 때문이었습니다. 더군다나 코치나 동료 선수들, 아내와 담당 의사마저 올림픽에 출전해야 한다고 설득했습니다.

한 친구는 빌 헤이브즈를 찾아와 이렇게 말했습니다.

"자네, 꼭 올림픽에 출전해서 금메달을 따길 바라네. 그동안 자네가 금메달을 따기 위해 땀 흘린 고생을 생각해봐. 자네가 아내 곁을 지키지 않아도 많은 사람들이 곁에 있을 테니 너무 염려하지 말게."

하지만 빌 헤이븐즈는 평생의 꿈인 올림픽 금메달을 포기했습니다. 그 대신 아내 곁에 남아 아이가 태어나기까지 기나긴 고통을 함께 했습니다. 비록 금메달은 목에 걸지 못했지만 빌은 자신의 선택을 후회하지 않았습니다.

그리고 28년이 흘렀습니다.

제15회 헬싱키 올림픽 남자 조정 싱글 10,000m 경기가 끝난 뒤 빌에게 전보 한 통이 날아들었습니다.

「사랑하는 아버지, 제가 세상에 태어날 때 어머니 옆에서 저를 기다려 주신 것에 진심으로 감사드립니다. 저는 아버지가 28년 전에 받으셨을 금메달을 목에 걸고 집으로 갑니다. 아버지의 사랑하는 아들, 프랭크로부터.」

전보를 보낸 사람은 금메달을 포기하고 기다렸던 그의 아들 프랭크였습니다. 아들 프랭크가 28년 전 자신이 출전하려 했던 종목, 조정 싱글 10,000m 경기에서 당당하게 금메달을 따 낸 것입니다.

뜻하지 않게 선택의 갈림길에 놓이는 경우가 많습니다. 이러한 순간에 우리는 아무것도 선택하지 못한 채 망설이기도 합니다. 사실 모두가 중요한 사안이라면 섣부르게 결정을 내릴 수가 없겠지요.

우리의 생활은 크고 작은 선택을 해야 하는 순간들의 연속입니다. 아침에 일어나 어떤 옷을 입을까, 버스를 탈까 택시를 탈까, 점심은 무엇을 먹을까, 하는 사소한 선택에서부터 이 직장을 그만 두어야 하나 계속 다녀야 하나, 어떤 학교를 선택해야 하나, 하는 인생의 향방이 달린 선택까지 끊임없이 선택의 기로에 서게 됩니다. 그러고 보면 인생 속에 숨어 있는 복병들은 어쩌면 이런 선택의 실수로 인해 빚어지는 결과가 아닐까 생각합니다.

사실 양자택일해야 하는 상황에서 괴롭지 않은 사람은 없습니다. 하지만 이때 깊이 고민한 후에 선택을 해야 합니다. 자칫하면 순간의 선택이 오랫동안 후회로 남을 수 있기 때문입니다. 그러나 그릇된 선택을 하는 것보다 더 어리석은 것은, 고민만 하다가 선택의 기회까지 잃어버리는 것입니다.

나폴레옹 황제가 진 빛

1969년 프랑스에서는 나폴레옹 황제 탄생 200주년을 기념하는 대대적인 축제를 준비하고 있었습니다.

프랑스의 도시 곳곳에는 휘황찬란한 불빛들이 밤을 밝혔습니다. 그리고 음식점이나 상점 주인들은 입구에다 큼지막하게 쓴 「나폴레옹 황제 탄생 200주년 기념」이라는 현수막을 걸어놓았습니다. 모든 국민들이 축제 분위기에 젖어 기쁜 나날을 보내고 있었습니다.

그런데 축제의 들뜬 분위기에 찬물을 끼얹는 소식이 전해졌습니다.

스위스 부르상피에르 주민들이 나폴레옹이 자신들에게 진 1억 5천만 프랑의 빚을 퐁피두 프랑스 대통령에게 청구하겠다는 것이었습니다.

나폴레옹이 스위스 부르상피에르 주민들에게 진 빚에 관한 이야기는 다음과 같습니다.

　1805년 5월 나폴레옹은 이탈리아 원정에 올랐습니다.

　그는 알프스의 촌락 부르상피에르에 도착했을 때 프랑스 군대의 힘만으로는 이탈리아 원정이 불가능하다고 생각했습니다.

　그래서 나폴레옹은 곰곰이 생각한 끝에 이 마을 주민들에게 도움을 청하기로 했습니다.

나폴레옹이 마을 지도자들을 불러 말했습니다.

"우리는 지금 이탈리아로 가는 중이오. 그런데 지금 우리 군대의 힘만으로는 도저히 알프스를 넘을 수 없으니 도움을 좀 얻을까 합니다. 우리가 필요한 부분을 도와준다면 이탈리아 원정이 끝난 직후에 돈으로 꼭 갚겠소."

이렇게 해서 나폴레옹은 부역과 공출에 대한 돈을 지불하겠다는 약속을 문서로 작성했습니다. 그래서 프랑스 군대는 부르상피에르 마을 사람들로부터 도움을 얻어 무사히 알프스를 넘을 수 있었습니다.

나폴레옹이 써준 차용 증서에는 프랑스 부대가 이 마을에 주둔하면서 사용했던 다양한 내용들이 상세히 적혀 있었습니다.

나폴레옹 부대가 주민들로부터 빌려간 물건은 생활용품부터 노새까지 다양했습니다.

주전자 104개, 한 그루 당 6프랑씩으로 벌채된 소나무 2,037그루, 하루 3프랑으로 징용된 마을 사람들의 노임, 그리고 일당 6프랑으로 빌린 노새 등 이외에도 마을 주민들로부터 많은 도움을 받았습니다.

상피에르 주민들은 그 뒤 이 내역들을 계산해서 5만 스위스 프랑을 지불해 달라고 프랑스 정부에 요청했습니다. 하지만 많은 시간이 지나도 프랑스 정부는 어떤 답신도 보내지 않았습니다. 나폴레옹이 물러난 프랑스 정부는 나폴레옹이 약속했던 문서를 무시했기 때문이었습니다.

그리고 1984년 프랑스 대통령이었던 미테랑이 스위스를 방문했습니다.

이때 부르상피에르의 마을 대표들이 나폴레옹이 서명한 문서를 들고 미테랑 대통령을 찾아갔습니다. 그리고 독일 나치에 대한 강력한 역사적 청산과 역사 바로 세우기를 추진해 온 프랑스가 정작 자신들의 책임을 외면해서는 안 된다고 주장했습니다.

그렇게 해서 결국 프랑스는 200년 동안 안고 있었던 스위스 사람들에 대한 역사적 빚을 해결했습니다.

절박한 상황에 처해졌을 때 주위 사람들로부터 도움을 받아 위기를 모면하기도 합니다. 그 순간 절대 그 은혜를 잊지 않으리라고 다짐합니다. 그러나 위기의 순간이 지나고 나면 절박한 순간에 느꼈던 두려움과 불안함은 언제 그랬냐는 듯이 또 다른 바쁜 일에 묻히고 외면해버리기도 합니다.

인간의 약속은 믿음에서 시작됩니다.

사람들 사이에는 수많은 약속들이 존재합니다. 가족과의 약속, 친구와의 약속, 자신과의 약속, 지방간의 약속, 국가 간의 약속 등이 그것입니다. 이러한 약속들을 통해서 더불어 사는 즐거움을 맛보게 됩니다.

약속을 소홀히 여기거나 어기는 행위는 사람과 사람 사이의 다리를 스스로 무너뜨리는 행위와 다를 바 없습니다.

약속은 행복을 지켜내는 소중한 기본입니다.

청빈낙도의 삶

조선 시대 연산군이 즉위할 때 사람들 사이에 이상한 소문이 퍼졌습니다. 그 소문의 요지는 한양 남산에 999칸의 거대한 기와집이 있다는 것이었습니다.

이 소문을 듣고 기와집을 보기 위해 전국 팔도에서 사람들이 남산으로 구름 떼처럼 몰려들었습니다.

그러나 떠도는 소문만 믿고 찾아온 사람들이 아무리 남산을 돌아 다녀보아도 999칸의 기와집은 발견할 수 없었습니다. 오히려 거대한 기와집이 있음직한 자리에는 가로 세로 겨우 두 걸음 정도의 단칸 오두막이 있을 뿐이었습니다. 잔뜩 기대를 하고 찾아왔던 사람들은 허탈해 하며 발길을 돌렸습니다.

어느 날 한 선비가 999칸의 기와집 소문을 듣고 멀리서 찾아왔습니다.

선비 역시 소문으로 들었던 기와집을 찾기 위해 남산을 하루 종일 돌아다녔습니다. 하지만 선비는 고생만 한 채 허름한 오두막을 보며 한숨만 내쉬었습니다. 그런데 가만히 오두막을 살펴보던 그는 깜짝 놀라고 말았습니다.

쓰러져 가는 오두막에 虛白當(허백당)이라는 어엿한 당호가 붙어 있는 것이었습니다. 선비는 이웃 사람에게 집주인이 누구인지 물어보았습니다. 그랬더니 공교롭게도 당대 최고의 학자이자 육판서를 두루 지낸 명재상 홍귀달이라는 사람이었습니다.

선비는 즉시 홍귀달을 찾아갔습니다. 선비는 홍귀달에게 절하고 난 뒤 찾아온 이유를 설명했습니다.

"사람들 사이에 한양 남산에 999칸의 기와집이 있다는 소문이 자자합니다. 그런데 기와집은 없고 대감의 허백당이 있으니 이게 어찌된 영문인지 모르겠습니다."

홍귀달은 빙그레 웃으며 이렇게 말했습니다.

"아마도 내가 주위 사람들에게 한 말이 잘못 전해진 모양이구려. 비록 허름한 오두막이지만 내가 허백당에 누우면 999칸의 사색을 하고도 여분이 남는다는 말을 자주 했는데, 그 말이 와전된 것 같소."

선비는 한 나라의 재상까지 지낸 사람이 이토록 청빈하고 깨끗한 마음을 지닐 수 있음에 크게 감탄했습니다.

'청빈낙도'란 가난한 중에 도를 즐긴다는 말입니다. 금전만능주의가 팽배한 세상에 참 공허한 말처럼 들릴지도 모르나, 옛 선비와 어르신들은 몸소 추구했던 지혜로운 삶입니다.

"자본주의 세상에서는 돈이라는 것이 천하의 미인보다도 아름답다"고 풍자한 김수영 시인의 말을 빌리지 않더라도, 가진 것이 많다면 그만큼 생활이 윤택해지고 풍요로울 수도 있겠지요. 그러나 작은 것에 만족할 줄 아는 가진 것 없는 삶 또한, 행복을 느끼고 꿈을 꿀 수 있는 기회는 그만큼 많아지는 것이지요.

행복은 당신이 손을 뻗어 잡을 수 있는 곳에 항상 자리하고 있습니다. 진정 행복한 사람은 파랑새를 외부에서 찾으려하지 않고 내면에서 찾는 사람입니다.

마음을 움직이는 힘

음식장사를 크게 해서 많은 돈을 번 부자가 있었습니다. 이 부자는 그동안 돈을 버는 데만 급급했던 나머지 결혼하는 것도 미루어왔습니다. 그랬던 터라 일찍 결혼해서 자녀를 두고 있는 친구들을 볼 때면 너무나 부러웠습니다. 사업가도 이제 사랑하는 사람을 만나 결혼을 하기로 마음먹었습니다.

어느 날, 사업가가 길을 거닐다 우연히 한 아가씨를 알게 되었고 사랑하게 되었습니다. 그는 밤마다 그 아가씨 생각에 잠들지 못하고 뒤척이는 등 그리움 속을 헤맸습니다. 사업가는 마음속으로 결심했습니다.

'그래, 어차피 이렇게 밤마다 한 숨도 자지 못하고 괴로워할 거라면 차라리 사랑한다고 고백해보자.'

사업가는 아가씨에게 고백하기 전에 먼저 유명한 보석가게에 가서 다이아몬드반지를 사기로 했습니다. 여러 보석가게를 돌아

다녀보았지만 딱히 마음에 드는 반지가 없었습니다. 그러던 중에 한 보석 가게를 들르게 되었습니다.

사업가가 진열되어 있는 다양한 보석을 두리번거리고 있을 때 주인이 한 점원을 불렀습니다. 그 점원은 다이아몬드에 대해 많은 공부를 했기 때문에 누구보다 해박한 지식을 가지고 있었습니다. 가게 주인은 사업가에게 보석을 팔기 위해 점원에게 다이아몬드에 대한 설명을 맡겼습니다. 그 점원은 다이아몬드가 지닌 가치와 아름다움을 드러내도록 얼마나 기술적으로 잘 깎였는지를 하나하나 설명하였습니다.

하지만 사업가는 점원의 설명을 다 듣고 나서 얼굴을 찌푸리며 이렇게 말했습니다.

"나는 왠지 모르게 사고 싶은 마음이 들지 않는군요."

사업가가 다른 보석가게로 가기 위해 걸음을 옮길 때였습니다. 보석가게 주인이 한 걸음 그에게 다가서며 이렇게 말했습니다.

"제가 그 다이아몬드 반지를 한 번만 더 보여 드려도 괜찮겠습니까?"

사업가는 흔쾌히 동의했습니다.

상점 주인은 점원이 설명했던 것과는 다르게 사업가에게 말했습니다. 단지 그는 다이아몬드를 손바닥 위에 올려놓고 자신이 일생에 본 것 중에서 왜 이 다이아몬드가 가장 아름답고 좋았는지 그 이유를 설명했습니다. 그러자 사업가는 놀랍게도 바로 그 다이아몬드반지를 사기로 결정했습니다.

　사업가는 다이아몬드반지를 양복 안 호주머니에 넣으며 물어보았습니다.

　"도대체 다이아몬드에 대해 누구보다 많은 지식을 갖추고 있는 점원이 팔지 못한 보석을 당신은 어떻게 나에게 사도록 했는지 궁금합니다."

　그때 상점 주인은 빙그레 웃으며 대답했습니다.

　"그 점원은 다이아몬드 업계에서 가장 훌륭한 사람으로 손꼽힙니다. 그는 저를 포함해서 어느 누구보다도 다이아몬드를 잘 알고 있지요. 그래서 저는 그 점원에게 많은 봉급을 주고 있습니다. 하지만, 만일 그가 내게는 있지만 그에게는 없는 차이점을 잘 알고 있다면 봉급을 두 배로 올려 주었을 것입니다. 그것은 그는 다이아몬드에 많은 지식만을 가지고 있지만, 저는 다이아몬드를 누구보다 사랑한다는 그 차이점입니다."

사람들은 누군가를 설득할 때 마음이 아닌 지식으로 설득하려고 합니다. 그러나 지식은 때로 상대방의 마음을 움직이기보다 오히려 반감을 사게 합니다. 상대방이 우월해지는 대신 자신은 열등감에 사로잡힐 수도 있으니까요.

사람의 마음을 움직이는 힘은 해박한 지식이 아니라 진실한 마음입니다. 진실한 마음은 상대방에게 감동을 불러일으킵니다. 감동은 상대방의 닫혀 있던 마음의 문을 여는 열쇠와도 같습니다. 감동이야말로 사람의 마음을 움직이는 가장 강한 힘이며 부드러운 힘입니다.

내면의 거울 닦기

가구 가게를 하는 한 남자가 아파트에 살고 있었습니다. 그가 살고 있는 아파트 바로 맞은편에는 또 다른 아파트가 있었습니다. 그래서 그가 거실 소파에 앉아 있으면 굳이 보려고 하지 않아도 건너편 아파트가 한눈에 들어왔습니다.

어느 날 그는 차를 마시며 신문을 보다가 건너편 아파트를 바라보았습니다. 마침 아파트의 유리창을 통해 맞은편 아파트에 사는 한 부인이 보였습니다. 그 부인은 베란다에 있는 화분에 물을 주고 있었습니다. 또 그 다음날은 그 부인이 창가에 앉아서 뜨개질을 하고 있었습니다. 그렇게 창 너머로 부인의 모습이 자주 보였습니다.

그러다가 어느 날, 여느 날처럼 맞은편의 아파트를 보았습니다. 그런데 어찌된 영문인지 부인의 모습이 안개가 낀 것처럼 흐릿하게 보였습니다. 그는 며칠 동안 깨끗하게 보이던 유리창이 왜 그럴까, 하고 곰곰이 생각했습니다.

　잠시 동안 생각한 끝에 맞은편 아파트의 유리창이 더러워졌기 때문이라는 것을 알았습니다.

　그는 속으로 생각했습니다. '저 부인은 화분에 물만 줄줄 알았지, 더러운 유리창을 닦을 생각은 하지 않는군.'

　그리고 여러 날이 지났습니다. 그런데 맞은편의 유리창은 여전히 그대로 더러웠습니다. 그동안 그 부인은 유리창을 닦지 않았습니다.

하루는 부인이 커피를 마시며 책을 보고 있었습니다. 유리창으로 보이는 부인의 모습은 며칠 전보다 더욱 흐려졌습니다. 그는 이렇게 중얼거렸습니다.

"참 지독하게 게으른 여자군. 저렇게 유리창이 더러운데도 닦을 생각을 안 하네. 저런 아내랑 사는 남편은 오죽할까?"

그러던 어느 날이었습니다.

그는 모처럼 큰마음 먹고 대청소를 하기로 했습니다. 방 창문을 비롯해 거실에 있는 유리창을 깨끗이 닦았습니다. 유리창은 반들반들 윤이 났고 맑은 햇살이 쏟아져 들어왔습니다. 대청소는 오후가 되어서 끝이 났습니다. 그는 커피 한잔을 들고 신문을 보려고 소파에 앉았습니다.

그가 소파에 앉아 무심코 맞은편을 바라보는 순간 깜짝 놀라고 말았습니다. 건너편 아파트의 부인이 창가에 앉아 있었는데, 모습이 너무나 선명하고 깨끗하게 보였던 때문입니다. 자세히 살펴보니, 그 부인의 유리창은 며칠 전보다 더욱 깨끗했습니다.

그는 그때서야 깨달았습니다. 더러웠던 유리창은 맞은편 아파트의 유리창이 아니라 바로 자신의 거실 유리였다는 것을.

우리는 자신보다는 상대방의 잘못을 지적하는데 익숙해져 있습니다. 누군가 조그만 실수라도 하게 되면 그냥 넘어가지 못하고 꼬집어 말하고 싶어집니다. 상대방의 실수를 지적하는 모습 속에는 자신이 우위를 점하려는 마음까지도 담겨 있습니다. 때문에 사람들은 상대방에게 상처를 주면서까지 잘못을 지적하는 것입니다.

　가끔 상대방의 실수를 말하기 전에 자기 자신을 한번 돌아보세요. 그러면 상대방만큼　자신도 그동안 많은 실수를 했다는 것을 알 수 있겠지요. 그동안 우리는 거울을 보며 외모에만 신경을 썼습니다. 하지만 이제부터는 거울을 통해 내면을 들여다보는 습관을 가져야 합니다. 그러할 때 상대방의 단점보다 장점을 보는 지혜를 가질 수 있습니다.

사랑의 에어컨

    은영의 남편은 세상 누구보다 술과 담배를 좋아합니다. 아니, 사랑하고 있다고 해도 과언이 아닐 테지요.

    은영이 임신했을 때도 남편의 술사랑은 멈추지 않았습니다. 친구의 남편들은 퇴근하기 전에 "뭐 먹고 싶은 거 없어?" 하고 묻는다고 합니다. 그래서 친구가 먹고 싶은 음식을 얘기하면 어떻게든 사들고 온다는데, 은영의 남편은 이런 전화는커녕 매일 술과 안주만 사들고 왔습니다.

    술을 좋아하는 남편이기에 태교 또한 다른 남편들보다 독특했습니다. 한밤중에 술에 취해 동화책을 읽어주거나 한창 뜨는 인기가요를 불러주곤 했지요. 은영은 그런 남편과 친구의 자상한 남편이 너무나도 비교가 되어 섭섭하고 가슴이 아팠습니다.

    유난히 더웠던 2004년 여름이었습니다.

    드디어 애타게 기다리던 딸아이가 태어났습니다. 난산인 탓에 몸의 회복이 더뎠습니다. 이런 은영을 보며 친정어머니가 많이 걱정했습니다.

남편 또한 몸이 불편한 은영을 위해 딸아이에게 우유를 먹이고 기저귀도 갈아주었습니다. 남편은 자는 모습이며 더위 잘 타는 것까지 자기를 쏙 빼 닮았다며 내내 싱글벙글했습니다.

그렇게 한 달이 흘렀습니다.

어느 날 남편은 회사에서 휴가를 받았다며, 시골에 있는 친정에 다녀오자고 했습니다. 은영은 남편의 성화에 못 이기는 척 강원도에 있는 친정에 남편과 딸아이와 함께 갔습니다. 그때 은영에게는 술을 좋아하는 남편에 대한 염려가 앞섰습니다.

'설마 친정에 가서까지 술을 많이 마시진 않겠지, 나 힘들어하는 것을 누구보다 잘 알 테니……'

남편은 휴가 내내 뭐가 그리 즐거운지 웃고 떠들었습니다. 그러다 기분이 조금 더 좋으면 술을 홀짝홀짝 마시고 큰소리로 노래를 부르곤 했습니다. 친정집은 시골이었지만 햇살이 뜨거운 탓에 가만히 있어도 몸에서는 땀이 주룩 흘러내렸습니다. 그리고 아직 회복이 덜 되어 힘든 상태인데 아기까지 보채고 보니 생지옥이 따로 없었습니다.

이윽고 길게만 느껴졌던 휴가가 끝나갈 무렵이었습니다.

저녁에 친정 식구들과 과일, 냉커피를 마시며 이야기꽃을 피우고 있었습니다. 그때 갑자기 남편이 아기에게 에어컨을 쏘여주겠다며 팔에 안는 것이었습니다. 은영은 술에 취해 몸도 제대로 못 가누는 남편이 딸애를 안다가 넘어지기라도 하면 어떡하나, 하는 생각에 너무나 불안했습니다. 뿐만 아니라 휴가 내내 남편의 그런 모습에 스트레스를 받았던 그녀는 무척이나 예민한 상태였습니다.

그 순간 자신도 모르게 참았던 짜증이 봇물 터지듯 쏟아져 결국 소리를 버럭 질러 버렸습니다.

"당신, 미쳤어?"

큰 소리로 남편을 야단치는 은영을 보며 식구들은 그녀에게 너무 심했다는 눈초리를 보냈습니다. 남편은 아무 말 못한 채 은영을 빤히 쳐다보더니 잠시 후, 냉커피의 얼음을 입안에 넣어 아이에게 "후~ 후~" 하고 입으로 바람을 불어주는 것이었습니다.

엉뚱한 남편의 행동에 다들 박장대소를 하고 그녀의 마음도 한순간 눈 녹듯이 녹았습니다.

남편의 술사랑은 아마도 그 여름날이 마지막이었던 것 같습니다. 요즘 남편은 퇴근하기 전에 꼭 "여보, 뭐 먹고 싶은 거 없어?", "우리 공주님은 뭘 사다줄까?" 하고 물어봅니다. 그리고 매일 검은 봉지에 소주와 안주를 사오던 남편이 분유와 기저귀, 장난감을 사 나르기에 바쁩니다.

사람은 저마다 좋지 않은 습관을 가지고 있습니다. 좋지 않은 습관을 바꾸고 싶다고 해서 한순간에 바꿀 수는 없습니다.

하나의 행동이 습관으로 몸에 배이기까지 걸린 시간보다 어쩌면 그 습관을 고치는 시간이 더 걸릴 수도 있습니다. 습관을 고치려면 어느 정도의 시간을 자신에게 주어야 합니다. 그리고 인내를 가지고 더 좋은 습관이 대신 자리 잡을 수 있도록 노력해야 합니다.

습관 하나에 인생이 달렸다고 해도 과언이 아닙니다. 습관들이 하나의 이미지가 되고 그 이미지가 삶을 이끌어가기 때문입니다.

욕심의 노예

많은 땅을 가지고 있는 지주가 임종을 앞두고 있었습니다. 그 지주에게는 평생 곁에 있어준 성실한 노예가 있었습니다. 지주는 죽기 전에 그동안 누구보다 성실하게 일해 준 노예에게 어떻게 보답할까, 하고 생각했습니다. 그러다 좋은 생각이 떠올랐습니다.

지주는 노예를 불렀습니다. 그리고는 이렇게 말했습니다.

"너는 평생 내 곁에 있으면서 내가 많은 땅과 재산을 모을 수 있도록 도와주었다. 너는 어떤 노예보다 성실하게 일해 주었고, 내 말에 순순히 따랐다. 이제 그런 너에게 어떻게 보답해줄까 생각하다가 네가 원하는 만큼의 땅을 나누어주기로 했다. 하지만 그 대신 조건이 있다. 해가 뜰 때, 네가 가지고 싶은 만큼의 땅까지 달려가서 이 말뚝을 박고 해가 지기 전까지 돌아와야 한다. 그러면 나는 너에게 그 땅을 주겠다."

다음 날, 해가 막 솟기 시작할 때 노예는 말뚝을 들고 힘껏 지평선을 향해 달리기 시작했습니다. 노예는 원하는 만큼의 땅을 가질 수 있다는 생각에 쉬지도 않고 열심히 달렸습니다. 해가 중천에 있을 때까지 달려갔지만 아직도 땅 끝이 보이지 않았습니다. 오히려 땅 끝이 보이지 않는 것에 노예는 안도했습니다.

"조금만 더 뛰어가면 더 많은 땅을 가질 수 있어. 그리고 나는 마을에서 가장 많은 땅을 가진 부자가 될 수 있어."

노예는 잠시도 쉬지 않고 더 힘껏 달리기 시작했습니다. 얼마나 달렸을까, 주인의 집이 보이지 않았습니다. 그는 하늘에 떠 있는 해를 쳐다보고는 조금 더 달려가 말뚝을 박았습니다. 그리고 다시 하늘을 올려다보았습니다. 하늘은 중천을 지나고 있었습니다. 노예는 서둘러 되돌아가야 한다는 조급한 마음에 한숨을 돌릴 여유도 없었습니다.

쉬지도 않고 너무 많이 달려왔기 때문에 돌아가는 길은 올 때보다 몇 배로 힘들고 피곤했습니다. 몸은 이미 지쳐 있었습니다. 얼른 집으로 돌아가고 싶은 마음에 힘차게 다리를 내딛었지만 다리 근육이 뭉쳐져 말을 듣지 않았습니다.

그러나 해가 지기 전까지 집에 도착하지 않으면, 땅을 주겠다는 주인의 약속은 물거품이 될 게 뻔했습니다. 노예는 있는 힘을 다해 달리고 또 달렸습니다. 조금씩 집이 보이기 시작했습니다.

마침내 그는 해가 지기 전에 주인 앞에 당도할 수 있었습니다. 너무나 지친 나머지 노예는 주인 앞에 도착하자마자 땅바닥에 털썩 쓰러져 버렸습니다.

노예는 숨도 제대로 못 쉬어 헐떡이면서 말했습니다.

"주인님, 이제 주인님 땅 중에서 절반은… 제 땅입니다."

이 말을 남기자마자 노예는 쓰러져 숨을 거두고 말았습니다.

주인은 죽은 노예를 잠시 동안 말없이 지켜보았습니다. 그러다가 안타까운 표정으로 다른 노예를 불러 말했습니다.

"참 안타깝도다. 결국 한 평의 무덤밖에 갖지 못할 텐데……."

우리는 이 세상에 태어날 때 빈손으로 왔습니다. 그렇듯이 이 세상을 떠날 때도 다시 빈손으로 갑니다. 세상에서 아무리 많은 부를 가졌다 할지라도 결국 세상을 떠날 때는 아무것도 가져갈 수 없습니다.

그러나 어떤 부자들은 하루하루 더 많은 재물을 모을 욕심으로 살아갑니다. 그러다 보니 하루를 소중하게 사는 것이 아닌 하루를 헛되이 소비하고 마는 것입니다. 그런 부자들의 마음속에는 만족함이 있을 수 없습니다.

그러나 현재 자신이 가진 것에 만족을 하며 생활하는 사람들은 다릅니다. 하루하루 즐겁고 기쁜 마음으로 소중하게 하루를 생활합니다. 그리고 당연히 그 하루 속에 숨어 있는 기쁨과 행복을 맛보며 살아갑니다.

인생은 한번 왔다가 가는 소풍과도 같습니다. 남들보다 더 많이 가지기 위해 욕심 부리기보다 자신에게 주어진 행복을 누리도록 애써야 합니다.

아버지를 살린 딸

깊은 밤, 별은 어디론가 자취를 감추었고 비가 추적추적 내리고 있었습니다. 거친 바람에 떠밀려 사선으로 내리는 비는 세상에서 가장 슬픈 전주곡 같았습니다. 그치지 않는 빗소리와 한데 섞여, 어느 나이 많은 사형수가 어린 딸의 손목을 꼭 쥐고 울고 있었습니다.

아버지는 소녀의 손목을 쥔 채 말했습니다.

"얘야, 아버지가 없더라도 지금껏 해온 것처럼 씩씩하고 착하게 살아야 한다. 내일이면 비록 아버지는 이 세상에 없지만 항상 하늘에서 너를 지켜볼게. 잘 살 수 있지?"

"아…아빠……."

소녀는 목까지 차 오른 슬픔 때문에 어떤 말도 할 수 없었습니다. 잠시 후, 소녀의 아버지는 마지막 면회시간이 다 되어 간수들에게 떠밀려 나갔습니다.

소녀의 아버지는 다음날 아침 새벽 종소리가 울리면 그것을 신호로 하여 교수형을 받게 되어 있었습니다. 소녀는 종지기 노인을 찾아갔습니다.

소녀는 종지기 노인에게 애원하며 이렇게 말했습니다.

"할아버지! 내일 아침 새벽종을 치지 마세요. 할아버지가 종을 치시면 우리 아버지는 돌아가셔야 해요. 할아버지! 제발 우리 아버지를 살려주세요."

소녀는 할아버지에게 매달려 슬피 울었습니다.

"얘야 나도 어쩔 수가 없구나. 만약 내가 종을 치지 않으면 나까지도 살아남을 수가 없단다."

할아버지도 소녀와 함께 흐느껴 울었습니다.

마침내 날이 밝아왔습니다. 종지기 노인은 무거운 발걸음으로 종 탑 밑으로 갔습니다. 그리고 줄을 힘껏 당기기 시작했습니다. 그런데 어쩐 일인지, 아무리 힘차게 줄을 당겨도 종이 울리지 않았습니다. 그러자 사형집행관이 급히 뛰어왔습니다.

"노인장 시간이 다 되었는데 왜 종을 울리지 않나요? 마을 사람들이 다 모여서 기다리고 있지 않소."

사형집행관은 노인에게 빨리 종을 치라고 독촉했습니다. 그러나 아무리 줄을 당겨도 종이 울리지 않았습니다.

종지기 노인은 고개를 흔들며 사형집행관에게 말했습니다.

"어찌된 영문인지 아무리 줄을 당겨도 종이 울리지 않습니다."

사형집행관은 당황하며 말했습니다.

"무슨 소리요? 종이 안 울린다니, 그럴 리가 있나요?"

집행관은 자기가 직접 줄을 힘껏 당겨보았습니다. 그러나 종은 여전히 울리지 않았습니다.

"노인장! 어서 빨리 위로 올라가 봅시다."

두 사람은 급히 탑 위로 올라가 보았습니다. 그리고 거기서 두 사람은 놀라운 장면을 발견했습니다. 종의 추에는 가엾게도 피투성이가 되어 죽어있는 소녀가 매달려 있었습니다. 그 때문에 자기 몸이 종에 부딪혀 소리가 나지 않았던 것이었습니다.

그 소문은 삽시간에 온 나라로 퍼져 갔습니다.

며칠 후 아버지를 위해 자신의 몸을 희생한 소녀에 대한 이야기를 왕이 전해 듣게 되었습니다.

왕은 아버지의 목숨을 대신해서 죽은 소녀의 지극한 효성에 감동해 사형수의 죄를 사면해 주었습니다.

세상에는 수많은 형태의 사랑이 있습니다. 그 중에서도 희생이 담겨 있는 사랑 앞에서 절로 숙연해짐을 느낍니다. 희생이라는 단어 속에는 '당신은 세상에서 가장 소중한 사람'이라는 뜻이 담겨 있기 때문입니다.

부모와 자식 간의 사랑, 연인간의 사랑, 친구와의 사랑. 이 모든 사랑에는 반드시 진실함을 뛰어넘어 기꺼이 자신을 내어주는 희생도 담겨 있어야 합니다. 사랑 속에 깃들어 있는 희생이야말로 깜깜한 밤하늘을 밝혀주는 별빛과 같습니다.

루스벨트 대통령과 1달러

　미국의 26대 대통령 루스벨트는 많은 사람들로부터 존경을 받고 있습니다. 다음 이야기는 루스벨트 대통령에 관한 일화입니다.

　어느 날, 루스벨트는 한 잡지를 보고 있었습니다. 그 잡지에는 자신이 형편없는 술주정뱅이라는 기사가 실려 있었습니다. 기사를 보고 놀란 그는 비서관을 불러 이 상황을 어떻게 처리해야 할지 논의했습니다. 비서관은 루스벨트에게 당장 잡지사 사장과 기자를 불러 따끔하게 혼을 내야한다고 건의했습니다.

　하지만 권력 남용이라고 생각한 루스벨트는 생각에 잠겼습니다. 그리고 잠시 후 비서관에게 말했습니다.

　"정식으로 고소를 하세. 그리고 명예훼손으로 손해배상을 청구해야겠네."

　얼마 뒤 재판이 열리게 되었습니다. 많은 방청객들이 법정을 가득 메웠습니다. 한 나라 대통령의 예민한 문제인 만큼 판사는 재판을 신중하게 진행시켰습니다. 판사는 한 사람 한 사람씩 심문을 하고는 이를 종합하여 배심원들과 논의를 했습니다.

이윽고 드디어 판결이 내려졌습니다.

"귀 잡지사의 기사는 허위로 판명이 내려졌으며, 개인의 명예를 훼손한 것이 인정되는 바, 귀사는 대통령에게 손해배상금을 지불하시오."

판결이 내려지자 방청석이 술렁이기 시작했습니다. 모두들 손해배상금을 내고 나면 잡지사는 더 이상 회사를 유지할 수 없을 것이라고 입을 모았습니다.

그 때 판사의 말이 이어졌습니다.

"귀사는 잘 들으시오. 대통령이 요구한 손해배상금은 1달러입니다. 이만 재판을 마칩니다."

판사의 말이 끝나자 방청석은 다시 술렁이기 시작했습니다. 그리고 자기 귀를 의심한 비서관은 루스벨트에게 실망스런 목소리로 물었습니다.

"각하, 명예훼손의 대가가 고작 1달러란 말씀이십니까?"

그러자 대통령은 흐뭇한 미소를 지어 보이며 이렇게 말했습니다.

"이보게. 내겐 손해배상금은 아무런 의미가 없네, 중요한 것은 진실일세. 그리고 그 진실을 판단할 수 있는 것은 권력이 아니라 재판이지. 이제 진실이 밝혀졌으니 오해는 풀렸을 것이고 나는 그것으로 만족하네."

진실은 아무리 숨기려 해도 숨길 수 없습니다. 잠시 거짓에 가려질 수는 있을 테지요. 하지만 하늘에 떠 있는 해를 언제까지나 손바닥으로 가릴 수 없듯이 진실 또한 백일하에 드러나게 마련입니다.

사람들은 인생을 한번밖에 공연할 수 없는 연극이라고 말합니다. 극중의 배우가 실수를 했다고 해서 다시 재연할 수는 없습니다. 진실하지 않은 인생을 사는 사람은 거짓 연극을 하는 배우와 같습니다. 단 한번 뿐인 연극에 거짓 연기를 위해 모든 시간을 허비한다는 것은 참으로 어리석은 일이 아닐 수 없습니다.

우리는 다시 살 수 없는 인생을 살고 있습니다. 저마다 맡은 역할은 다르지만 어느 하나 소중하지 않은 역할이란 있을 수 없습니다. 우리는 먼 훗날 삶의 뒤안길에서 자신이 걸어온 발자취를 뒤돌아볼 때 후회하지 않도록 살아야합니다. 그러기 위해서는 진실하고 가치 있는 삶을 살도록 부단히 노력해야 합니다.

솔로몬의 재판

솔로몬 왕은 뛰어난 지혜의 왕으로 칭송이 자자했습니다.

안식일 날, 세 사람의 유태인이 예루살렘에 찾아왔습니다. 그 당시에는 은행이란 것이 없었기에 그 세 사람은 지니고 있던 돈을 함께 땅에 묻었습니다. 그런데 그들 가운데 한 사람이 몰래 땅 속에 묻어 놓은 돈을 몽땅 꺼내갔습니다.

이튿날, 세 사람은 지혜로운 왕으로 널리 알려진 솔로몬을 찾아갔습니다. 그들은 누가 그 돈을 훔쳐갔는지를 가려내 달라고 말했습니다.

그러자, 솔로몬 왕은 '너희들 세 사람은 아주 현명하니, 우선 내가 판결에 곤란을 겪고 있는 어려운 문제를 먼저 풀어주면 너희들의 문제는 내가 해결해 주겠다.' 고 말했습니다.

그리고는 다음과 같은 이야기를 들려주었습니다.

"어떤 처녀가 한 젊은이와 혼인하기로 약속을 하였다네. 그런데 그 처녀는 얼마 후 다른 남자와 사랑하게 되어 약혼자를 찾아가 헤어지자고 말했다네. 그 처녀는 약혼자에게 위자료를 지불하겠다고 자청했는데, 젊은이는 위자료는 필요 없다면서 처녀와의 약혼을 즉시 취소해 주었다네. 그런데 그 아가씨는 부유한 탓에 어떤 노인한테 유괴를 당하고 말았지. 처녀는 노인에게 '나는 약혼했던 남자에게 파혼을 요청했는데, 그 남자는 위자료도 받지 않고 나의 부탁을 들어 주었어요. 노인장께서도 그 사람처럼 나를 자유롭게 풀어 주세요.' 라고 말을 했다네. 그랬더니 노인은 그녀의 말대로 몸값을 받지 않고 처녀를 풀어 주었지. 이 사람들 가운데서 가장 칭찬 받을 만한 행동을 한 사람은 누구이겠는가?"

솔로몬 왕이 이야기를 마치자, 첫 번째 사람이 대답했습니다.

"처녀가 약혼까지 했으면서도, 파혼을 허락해 주고 위자료도 받지 않은 남자가 칭찬을 받음이 옳습니다. 왜냐하면, 그는 처녀의 의사를 무시하면서까지 결혼하려고 하지 않았으며 게다가 한 푼의 위자료도 받지 않았기 때문입니다."

첫 번째 사람이 말을 마치자, 두 번째 남자가 말했습니다.

"아닙니다. 그 처녀야말로 칭찬을 받아야 합니다. 그녀는 용기를 내어 약혼자에게 파혼을 요구했고, 진정으로 사랑하고 있는 남자와 결혼을 했습니다. 이것이야말로 칭찬을 받아 마땅합니다."

그리고 세 번째 남자가 대답했습니다.

"이야기가 너무 뒤죽박죽이어서, 저는 통 이해할 수가 없습니다. 처녀를 납치한 노인은 돈 때문에 그 처녀를 납치했습니다. 그런데 돈도 받지 않고서 풀어 주다니, 이야기의 줄거리를 종잡을 수가 없습니다."

그러자 솔로몬 왕은 갑자기 호통을 치며 말했습니다.

"이놈! 네가 바로 돈을 훔친 놈이다. 다른 사람들은 내 이야기를 듣고, 사랑이나 처녀와 약혼자 사이의 인간관계와 그 사이에 얽혀진 긴장된 감정에 마음을 쏟았는데, 네 놈은 돈밖에는 생각하고 있지 않았다. 틀림없이 네가 돈을 가져간 범인이다!"

행복과 불행은 자신의 마음속에서 생겨나는 것입니다. 큰 욕심을 부리지 않고 자신이 가진 것에 만족하는 사람은 행복을 누릴 수 있습니다. 그러나 절제할 줄 모르는 욕심을 가진 사람은 언제나 불행할 수밖에 없습니다. 우리가 느끼는 불행은 현실에서 오는 것이 아니라 남과 자신을 비교하는데서 생겨나는 것이기 때문입니다. 남과 자신을 비교하지 않고 자신에게 주어진 삶을 충실하게 산다면 하루하루 기쁘지 않은 날은 없겠지요.

마음이 가난한 사람은 사소한 것에 기뻐하고 감동합니다. 비록 부자들처럼 화려한 생활을 할 수는 없겠지만 삶이 주는 참 행복을 맛볼 수 있습니다. 참 행복을 느낄 수 있을 때 이 세상이 아름다워 보이고 인생이 더욱 소중하게 다가올 것입니다.

링컨의 꿈

1846년 링컨이 하원의원 선거에 입후보했을 때의 일입니다.

링컨의 상대는 피터 카트라이트라는 유명한 감리교 부흥운동을 하는 사람이었습니다. 선거운동 막바지에 이르렀을 무렵이었습니다. 링컨은 우연한 기회에 피터 카트라이트가 지도하는 어떤 종교 회의에 참석하게 되었습니다.

회의장에는 많은 사람들이 참석해 있었습니다. 이윽고 피터 카트라이트가 단상에 올라 설교를 했습니다. 링컨은 그가 사람들에게 어떤 말을 들려줄지 궁금했습니다. 하지만 링컨은 이내 실망하고 말았습니다.

피터 카트라이트는 너절한 설교만을 늘어놓아 회의장이 어수선했기 때문입니다. 그리고 그는 설교를 하는 도중에 난데없이 이렇게 말하는 것이었습니다.

"새로운 삶을 영위하고, 충심으로 하나님을 사랑하며, 그로써 천국에 가기를 소망하시는 분들은 모두 일어서십시오."

밑도 끝도 없이 외쳐서 모두들 제대로 알아듣지 못한 듯 웅성
거렸습니다. 그리고 일어서는 사람은 몇 명되지 않았습니다.

그러자 피터 카트라이트는 다시 소리 쳤습니다.

"천국 가기를 원하는 사람이 이것 밖에 없단 말이오? 그럼 이
번에는 지옥에 가고 싶지 않은 분들은 모두 일어나십시오."

이번에는 모두들 일어서는 것이었습니다. 그런데 링컨만은 일
어서지 않고 그대로 앉아 있었습니다. 가만히 앉아 있는 링컨을
보자 피터 카트라이트는 화가 치밀었습니다.

그는 자신도 모르게 링컨을 향해 큰 소리로 이렇게 말했습니다.

"링컨 씨, 실례의 말씀입니다만, 당신은 어디로 가실 작정입니까?"

피터 카트라이트의 질문을 받은 링컨은 잠시 동안 아무 말이 없었습니다. 그러다 링컨은 이렇게 말했습니다.

"나는 하원으로 가겠소."

우리에게는 꿈이 있습니다. 꿈은 밤하늘에 떠 있는 북극성과 같습니다. 꿈만 있다면 아무리 힘든 어려움 속에서도 자신의 목표를 잃지 않습니다. 뿐만 아니라 하루하루 후회 없는 인생을 살도록 이끌어줍니다.

꿈은 우리에게 세상을 살아가는 목적을 깨닫게 합니다. 자신이 살아가는 목적을 알고 있는 사람은 절망 속에서 희망을 발견합니다. 그렇기 때문에 항상 즐거운 마음으로 생활합니다.

우리에게 주어진 시간은 너무나 소중한 시간입니다. 목표를 세우고 꿈을 향해 열정을 쏟아야 합니다. 어제보다 오늘이 더욱 발전적인 것은 바로 꿈이 주는 힘 때문입니다.

추사 김정희와 초의스님의 우정

추사 김정희는 30세가 되던 해 자신과 동갑인 초의스님을 만났습니다. 이 만남은 그 당시 강진에서 유배 중이던 다산 정약용이 아들 유산에게 두 사람을 소개했던 것에서 시작되었습니다. 그렇게 처음 만난 그들은 일생에 둘도 없는 우정을 나누었습니다.

김정희의 나이 55세가 되던 해였습니다.

그는 안동 김 씨의 시기로 윤상도의 옥사사건에 연루되어, 역모 죄라는 죄명을 쓰고 제주도로 귀양을 가게 되었습니다. 김정희는 제주도에서 9년 동안이나 귀양살이를 하며 힘든 나날을 보내고 있었습니다.

그때 초의스님은 다섯 번이나 제주도로 찾아가 자신의 친구가 잘 지내고 있는지 살폈습니다. 또 초의스님은 매년 봄이 되면 힘들게 추운 겨울을 보냈을 김정희의 모습을 떠올렸습니다. 그래서 초의스님은 겨울이 지난 후 제일 먼저 나온 차 잎을 따서 정성스럽게 차를 만들어 그것을 김정희에게 보냈습니다.

초의스님이 차를 보낸 지 한 달쯤 지났을 때는 어김없이 김정희에게서 편지가 왔습니다. 그 편지 속에는 정성과 우정이 담긴 선물을 잘 받았다는 말과 함께 불심이 깊은 초의스님을 가리키는 '명선(名禪)'이라는 글씨도 함께 들어 있었습니다.

어느 해 봄 입춘이 지났을 때였습니다.

김정희는 집안에서 가장 잘 생긴 대접을 깨끗이 씻어 장독 위에 놓아두었습니다. 그리고는 매일 아침 그 대접을 살피러 다니는 것이었습니다. 그러던 어느 날, 밤비가 내려 대접에 빗물이 고여 있었습니다. 아침에 그것을 발견한 그는 대접을 두 손으로 조심스럽게 들고 방으로 옮겼습니다. 그리고는 준비해 둔 벼루와 먹을 꺼내더니 대접의 빗물을 붓고 먹을 갈기 시작했습니다.

대접에 담긴 빗물은 그 해 맨 처음 내린 봄비였던 것입니다. 김정희는 그 봄비로 먹을 갈아 편지를 쓰기 시작했습니다. 멀리 전라도에서 봄을 기다리고 있을 초의스님에게 제주도에 미리 온 봄소식을 적어 보내기 위해서였습니다. 그는 이날 봄소식만큼이나 친구를 향한 자신의 마음을 전하고 있었던 것이었습니다.

유배시절 김정희가 썼던 글씨에서 해서 · 행서 · 예서가 어우러진 추사체의 매력을 볼 수 있습니다. 시와 글씨 모두 제주도의 유배지에서 꽃을 피운 것이었습니다. 김정희는 제주도에서 9년 동안이나 낯선 풍토와 음식, 질병, 정신적인 외로움을 이기기 위해 책과 글쓰기에 집중했습니다.

그리고 친구 초의스님에 대한 깊은 우정을 한시도 잊지 않았습니다. 지금 그가 우리에게 대학자로 일컬어지는 데 있어, 초의스님에 대한 우정도 빼놓을 수 없습니다.

삶이 우리에게 준 선물이 많이 있습니다. 그 중에 하나가 바로 소중한 '친구' 입니다. 우리가 살아가는 세상은 거친 바다와도 같습니다. 잠잠하던 물결이 거친 파도가 되기도 하고 폭풍이 몰려오기도 합니다.

하지만 이런 시련을 함께 견디고 든든하게 힘이 되어줄 친구가 있다면 아무런 문제가 되지 않습니다. 내게 부족한 부분을 친구가 채워줄 수 있기 때문입니다.

우리에게 있어 가장 귀중한 재산은 사려가 깊고 헌신적인 친구입니다. 인디언 속담에 보면 이런 말이 있습니다.

'친구란 내 슬픔을 등에 지고 가는 자' 그렇습니다. 친구는 언제나 나무처럼 한 자리에 서서 그늘이 되어주고, 휴식이 되어주는 사람입니다. 기쁜 일에는 진심으로 박수 쳐주고, 슬픈 일에는 자신의 일 마냥 함께 울어주는 사람입니다.

나보다는 상대방을 먼저 생각하는 마음, 이런 마음이 바로 세상 어떤 시련일지라도 거뜬히 이겨내는 우정입니다.

방청객들로부터 받은 벌금

다음 이야기는 오래 전 미국의 어느 재판장에서 있었던 일화입니다.

죄를 지은 사람은 일흔을 바라보고 있는 힘없는 노인이었습니다. 판사 앞에서 노인은 고개를 숙이고 있었습니다. 방청객들은 죄를 지은 노인을 보며 딱하다는 표정을 지었습니다.

재판이 시작되자 검사가 노인에게 물었습니다.

"노인장께서는 남의 가게에서 빵을 훔친 적 있습니까?"

노인은 숙였던 고개를 들어 검사의 질문에 대답했습니다.

"네."

노인은 아무런 변명 없이 자신의 죄를 인정했습니다. 하지만 변호사는 판사에게 노인의 사정을 호소했습니다.

"존경하는 재판장님, 지금 이 노인은 하루하루 살아가기가 막막한 일흔 살을 앞두고 있는 의지할 데 없는 노인에 불과합니다.

죄는 미우나 살아가기 위해 죄를 지었으니 관대한 처벌을 바랍니다."

변호사가 말을 마치자 검사는 법 앞에 어떤 사람도 예외일 수 없다며 판사에게 강력한 처벌을 요청했습니다.

판사는 검사의 처벌의사에 곤혹스러웠습니다. 누구 한 사람 의지할 데라곤 없는 병든 노인을 감옥에 보낸다는 것은 너무나 가슴 아픈 일이기 때문이었습니다. 더군다나 그에게는 어린 손녀 아이가 딸려 있었습니다.

판사는 모든 것을 포기한 듯이 앉아 있는 노인을 바라봤습니다. 사실 이 노인은 배가 고픈 나머지 남의 가게에 들어가 물건을 훔친 죄로 이미 여러 번 벌을 받은 노인이었습니다.

　판사는 노인을 관대하게 용서하고 싶었습니다. 하지만 그렇다고 법관으로서 사소한 인정에 얽매여 그릇된 판결을 내릴 수는 없었습니다. 하는 수 없이 판사는 법이 허용하는 최선으로 벌금형 판결을 내렸습니다. 그리고는 천천히 법복을 벗었습니다. 판사가 자신이 입고 있던 법복을 벗자 법정은 웅성거리기 시작했습니다.

　판사는 방청객들 앞으로 나가 강하지만 낮은 어조로 말했습니다.

　"방청객 여러분, 저 노인은 죄인임이 분명합니다. 저는 방금 재판관으로서 법이 허용하는 최대의 관용으로 저 노인에게 벌금형을 내렸습니다.

　하지만 저의 가슴은 이루 말할 수 없이 아픕니다. 저 노인이 죄를 짓도록 한 것은 어쩌면 이웃인 우리에게도 책임이 있다는 생각에서입니다. 죄를 따지고 벌을 주는 것만이 중요한 것이 아닙니다.

　저 노인에게는 지금 벌금을 낼 능력이 없습니다. 그렇다고 저 노인의 벌금을 제가 모두 낼 능력도 없습니다. 하지만 제가 반을 낼 테니, 여러분도 조금씩 도와주십시오."

　방청객들은 환한 표정을 짓기 시작했습니다. 여기저기에서 박수소리가 들렸고, 모두들 하나 같이 기쁜 마음으로 자신의 지갑을 열어 돈을 내기 시작했습니다.

잠시 후 방청객들로부터 받은 돈은 벌금을 내고도 충분했습니다. 벌금을 낸 뒤 남은 돈은 판사의 손에서 노인의 손으로 건네졌습니다.

사람은 누구나 실수도 하고 본의 아니게 죄를 짓기도 합니다. 세상을 살면서 실수 혹은 죄를 짓지 않고서 사는 사람은 단 한 사람도 없을 것입니다.

성경에 이런 구절이 나옵니다.

'죄는 미워하되 그 사람은 미워하지 말라.' 분명 죄는 벌을 받아 마땅합니다. 그러나 죄를 지은 사람에게 질책보다는 오히려 사랑으로 용서해야 합니다.

진정으로 용서하는 마음을 발휘할 때 상대방은 스스로 자신의 잘못을 깨닫게 됩니다. 왜냐하면, 마음을 변화시키는 힘은 그 무엇도 아닌 마음이기 때문입니다.

누군가 잘못을 했다면 야단치기보다 따뜻하게 감싸 안아주세요. 그리고 그 사람의 잘못을 따지기보다 그 사람이 처한 입장을 헤아릴 줄 아는 넉넉한 마음을 가지세요.

간디는 이렇게 말했습니다.

"만약 한 사람의 인간이 최고의 사랑을 성취한다면 그것은 수백만의 미움을 해소시키는데 충분하다." 그렇듯이 관대한 마음

으로 용서한다면 얼굴을 붉히는 일보다 미소 짓는 일이 더 많아
지겠지요.

성공의 싹 – 꿈과 기회

마쓰시타 전기의 성공 비결

1917년 자본금 100엔으로 오사카의 조그만 공장에서 시작해 일류기업으로 성장한 마쓰시타 전기에는 한 가지 전통이 있습니다. 그것은 바로 인간을 가장 중요시한다는 것입니다.

오래 전, 한 고객이 마쓰시다 전기 임직원을 만나러 갔습니다. 그때 그는 어느 여직원에게 이렇게 물었던 적이 있었습니다.

"마쓰시타 전기는 무엇을 만드는 회사입니까?"

여직원은 빙그레 웃으며 이렇게 대답했습니다.

"마쓰시타 전기는 인간을 만드는 회사입니다. 아울러 전기제품도 만듭니다."

그때 고객은 창업자 마쓰시타 고노스케는 말 뿐이 아닌 진정으로 인간을 중요하게 생각한다는 것을 깨달았습니다.

마쓰시타는 창업 때부터 새로 뽑은 직원은 의무적으로 일정기간 기숙사에 생활하도록 했습니다. 마쓰시타 부부는 신입사원의

양부모가 되어서 그들을 보살피고 인생을 살아가는 데 도움을
주고자 노력했습니다.

또한 마쓰시타 부인은 건강이 좋지 않은 직원이 있으면 그에
게 알맞은 식사를 따로 만들어 주었습니다. 그리고 아픈 부위에
뜸을 뜨는 등 어머니 역할을 대신했습니다. 이런 마쓰시타 부인
의 직원 사랑은 자연스레 회사의 모든 직원들에게 회사에 대한
애사심을 불러일으켰습니다.

하지만 이 일은 세월이 흐르고 회사의 규모가 점점 커지면서
계속될 수는 없었습니다. 그 대신 각각의 공장에서 공장장 부
부가 직원들과의 잦은 대화나 모임을 나누는 것으로 바뀌었습
니다.

마쓰시타는 1953년 1월부터는 직원들이 받는 월급봉투에 급여 명세 외에 「종업원 여러분에게」라는 메시지를 넣어 보내기 시작했습니다.

메시지에는 마쓰시타의 근황을 알리는 사진이 찍혀 있었습니다. 그리고 그 뒷면에는 마쓰시타가 직원들에게 전하는 메시지가 적혀 있었습니다.

평소 마쓰시타는 직원 가족들에게 자신의 생각과 기분을 전하고 싶었습니다. 그러던 차에 집으로 가지고 갈 월급봉투에 메시지를 넣는 것이 가장 좋겠다는 생각이 떠올랐던 것입니다. 그런 마쓰시타의 직원들을 아끼고 사랑하는 마음은 마쓰시타 전기를 거대한 기업으로 성장시키는 원천이 되었습니다.

세월이 흐른 후 마쓰시타는 사장에서 물러나게 되었습니다. 그리고 월급도 은행구좌로 들어가게 되었습니다. 하지만 마쓰시타의 메시지는 옛날 그대로 월급봉투에 넣어져 가정으로 보내졌습니다.

남을 진정으로 아끼고 사랑하는 사람은 세상을 가진 사람입니다. 세상을 움직이는 힘은 바로 사랑이고 감동이기 때문입니다.

사람들은 누구나 자신에게 관심을 가져주고 친절하게 대해주는 사람을 좋아하게 마련입니다.

더구나 지위가 다른 사람이 그런 행동을 한다면 바로 믿음으로 이어집니다. 친절과 관심에 보답하기 위해 최선을 다하고 당연히 결과는 모두에게 귀속됩니다.

　권위만을 내세워 지시하고 감독하는 형태의 경영보다는 격려와 배려로 협동심을 일깨워 발전을 도모한다면 가장 바람직한 형태의 기업경영이 될 것입니다.

　남에게 불친절하거나 무관심하기보다 따뜻한 관심을 가져보세요. 내가 베푸는 관심보다 더 큰 관심이 나를 향하고, 그 속에서 살아가는 이유도 함께 느낄 수 있을 것입니다.

졸업식장의 감동

미국의 시카고 도심지에 자리 잡은 켄트 법과대학에서 있었던 아름다운 우정에 관한 이야기입니다.

켄트 법과대학에서 졸업식이 열렸습니다.

이날 졸업생들 가운데 수석의 영광을 차지한 오버톤은 시각장애인이었습니다. 수상을 위해 사회자가 그의 이름을 불렀습니다. 그러자 오버톤은 조용히 객석에서 일어나 조심스럽게 연단으로 나갔습니다. 그런데 단 위에 선 그는 학장이 내미는 상을 갑자기 마다했습니다.

오버톤은 학장에게 이렇게 말했습니다.

"학장님, 저 혼자 이 상을 받을 수 없습니다. 카스프리자크도 이 자리에 함께 설 수 있도록 해 주십시오."

오버톤의 말에 졸업생들은 박수를 치며 카스프리자크 쪽으로 고개를 돌렸습니다. 잠시 후 카스프리자크가 자리에서 일어섰습니다. 그를 처음 본 사람들은 모두 안타까워했습니다. 그는 팔이 없는 장애인이었기 때문이었습니다.

4년 전, 학교에 입학한 지 얼마 안 된 오버톤은 학교 건물이 익숙지 않아 자주 건물을 헤매고 다녔습니다. 때문에 종종 수업 시간에 지각하곤 했습니다.

하루는 어느 단과대학 계단을 오르느라 고생하고 있었습니다. 그때 카스프리자크가 다가왔습니다. 그리고 그가 가는 목적지까지 친절하게 안내해 주었습니다.

이렇게 만난 두 사람은 곧 친한 친구가 되었습니다. 오버톤은 팔이 없는 카스프리자크를 위해 책을 들어 주고, 카스프리자크는 오버톤 옆에서 길을 가르쳐 주며 늘 함께 다녔습니다. 또 카스프리자크는 오버톤이 책 내용을 이해할 수 있도록 큰 소리로 책을 읽으며 함께 공부했습니다.

두 사람의 따뜻한 우정을 전해들은 사람들은 놀란 표정 대신 감동의 눈물을 흘렸습니다. 그리고 두 사람에게 상이 수여될 때 큰 함성과 박수갈채로 그들이 나눈 우정과 영광을 축하해주었습니다.

어릴 때 마당에서 개미들을 관찰했던 적이 있었습니다. 개미들은 저마다 나름대로 열심히 먹이를 자신들의 집으로 나르고 있었습니다. 그렇게 개미들을 지켜보는데 유독 나의 눈을 끄는 개미가 있었습니다. 다른 개미들은 과자부스러기나 죽은 벌레를 물어 나르고 있었는데 한 개미는 동료 개미를 운반하고 있었습니다.

그 개미가 운반하고 있던 개미는 다리가 두 개나 떨어져나간 온전치 못한 개미였습니다. 또 정상적인 개미는 다친 개미를 여기저기 핥아주기도 했습니다.

나는 많은 시간이 지난 후에 개미들은 종족 보호본능이 뛰어나다는 것을 알았지만 그 때 느낀 감정은 잊지 못하고 있습니다.

사실 누군가를 위해 자신을 희생하는 일은 쉬운 일이 아닙니

다. 하지만 쉽지 않은 만큼 주어지는 기쁨은 이루 말할 수 없을
테지요. 마음속에서 솟아나는 훈훈함이 바로 우리가 찾는 행복
이 아닐까 생각합니다.

마이클 조던과 택시 기사

마이클 조던이 처음 시카고 불스에 입단하기 전 그는 몹시 가난했습니다.

그는 힘든 무명시절 끝에 시카고 불스 구단으로부터 초청을 받았습니다. 하지만 그는 항공료가 없어 비용을 마련하느라 며칠 동안 동분서주했습니다. 그리고 겨우 마련한 비용으로 힘들게 시카고 공항에 내렸습니다.

하지만 가진 돈을 항공료로 다 써버린 뒤여서 경기장까지 가기 위한 차비는 한 푼도 남아있지 않았습니다.

조던은 아무리 생각해봐도 좋은 생각이 떠오르지 않았습니다. 그는 하는 수 없이 지나가는 택시를 세워 솔직하게 말하기로 마음먹었습니다.

그는 지나가는 한 택시를 세워 기사에게 말했습니다.

"저는 마이클 조던이란 농구 선수입니다. 시카고 불스에서 뛰게 되었지만, 그 곳까지 갈 택시비가 없습니다. 죄송하지만 저를 좀 태워다 주시면 나중에 꼭 갚도록 하겠습니다."

택시 기사들은 모두 하나 같이 욕설을 하며 태워주지 않았습니다. 돈 한 푼 없는 험악한 인상의 흑인을 태워줄 사람은 없었던 것이었습니다.

조던은 몇 시간을 택시 잡기에 시달린 나머지 기진맥진해 있었습니다. 하지만 그는 끝까지 포기하지 않고 택시를 세웠습니다. 그런데 이번에 세운 택시 기사는 선뜻 조던을 불스 경기장까지 태워다 주었습니다.

조던은 도착해서 자신을 태워준 택시기사에게 이렇게 말했습니다.

"지금 돈이 없어 택시요금을 지불 할 수 없지만 훗날 꼭 갚겠습니다."

그 말을 들은 택시 기사는 빙긋이 웃으며 말했습니다.

"시카고를 위해 좋은 경기를 보여주세요. 그리고 제가 당신의 첫 번째 팬이 되겠습니다."

택시 기사는 따뜻한 미소를 지으며 어디론가 사라졌습니다. 그 후 조던은 멋진 플레이로 그에게 답했습니다. 그리고 그는 차츰 유명해지고 돈도 벌기 시작했습니다. 그는 시카고에서 처음 만난 그 택시 기사를 애타게 찾으며 처음 했던 약속을 지키려 했습니다.

어느 날 조던은 여러 일간지 기자와 인터뷰를 하게 되었습니다. 인터뷰에서 그는 힘들었던 무명시절에 자신을 태워주었던 마음씨 좋은 택시 기사 이야기를 했습니다. 그리하여 드디어 두 사람은 만나게 되었습니다.

누구나 어려움에 처할 때가 있습니다. 버스에 지갑이나 물건을 두고 그냥 내릴 때도 있습니다. 특히 그 물건이 더 없이 소중하고 중요하다면 마음고생은 이루 말로 표현할 수 없을 테지요.

그러나 전혀 예상하지 않았던 고마운 일이 생기기도 합니다. 두고 내린 버스를 운전한 기사 아저씨로부터 연락이 오거나 지갑이나 물건을 우편으로 보내주기도 합니다. 아마 여러분도 이런 경험이 있을 것입니다. 그 순간 너무나 기쁘고 행복했을 테지요. 그 기쁨으로 인해 그동안 어둡게만 보이던 세상이 밝게 보였을 테고요.

곁에 어려움에 직면한 사람이 있다면 작은 도움을 주었으면 좋겠습니다. 자신에게는 그다지 중요한 일이 아닐지 몰라도 상대방에게는 큰 희망이 되기 때문입니다. 진정 어려울 때 도와준 사람의 손길은 아무리 오랜 세월이 흘러도 잊을 수가 없어, 어떤 형태로든 다른 사람에게라도 베풀고 싶게 만듭니다. 그래서 사회는 더욱 훈훈해지지요.

141

1센트의 소중함

    월마트는 세계에서 가장 많은 물건을 파는 슈퍼마켓으로 알려져 있습니다. 이런 월마트의 창업자 샘 월튼은 재산이 20조 원도 넘는 세계적인 갑부였습니다.

    하지만 그는 단돈 1센트의 소중함을 아는 검소한 생활을 평생 실천한 사람이었습니다.

하루는 월튼을 취재하기 위해 모인 기자들이 검소하기로 소문난 그를 시험해 보기로 했습니다.

월튼이 걸어가는 길에 1센트짜리 동전을 던져 놓았습니다. 그리고 채 1분도 지나지 않아 월튼이 탄 자동차가 나타났습니다. 자동차에서 내려 걸어오던 월튼은 갑자기 허리를 굽혀 동전을 주웠습니다. 세계적인 갑부가 보통 사람들도 소홀히 보아 넘기는 1센트짜리 동전을 주우려고 허리를 굽혔다는 사실에 기자들은 놀랐습니다.

그리고 곧 취재가 시작되었습니다. 그때 한 기자가 조금 전에 자신들이 한 일에 관한 이야기를 꺼내며 사과했습니다.

그러나 월튼은 이렇게 말했습니다.

"저는 대공황 시기를 겪었고, 어린 시절부터 무엇이든 아끼는 생활에 익숙해 있습니다. 많은 기업가들이 웬만큼 성공하고 나면 '나는 할 만큼 했다' 면서 땅을 사들이는데, 그게 바로 망하는 지름길이 아니겠습니까?"

월튼의 옷차림은 세계적 갑부가 되어서도 구멍가게 점원으로 시작할 때처럼 늘 허름했습니다. 그는 그런 편한 옷차림으로 털털거리는 픽업트럭을 타고 필요한 물건을 직접 사러 다녔습니다.

그의 아내는 남편이 운영하는 가게에서 비누 한 장 그냥 가져가서 사용할 수 없었습니다. 그리고 네 명의 자녀들도 수업이 끝나면 가게에서 일해야 했습니다. 또 자녀들에게 신문배달을 시켰고, 그것은 손자들에게도 똑같이 시켰습니다.

그는 자신의 아이들과 손자들에게 '게으른 부자'라는 소리를 들으면 용서하지 않겠다는 말과 함께 1센트의 소중함을 항상 가르쳤습니다.

어릴 때부터 절약하는 습관을 키워야 합니다. 작은 돈의 소중함을 익혀야 합니다.

사람들은 생활이 넉넉한 부자들을 부러워합니다. 하지만 사람들이 부러워하는 부자들이 많은 재산을 모을 수 있었던 데는 이유가 있습니다. 꼭 필요한 부분에만 돈을 쓰고, 필요하지 않는 부분에는 십 원짜리 하나 헛되이 쓰지 않았던 것입니다.

지금껏 백 원짜리 동전, 십 원짜리 동전이라고 해서 헛되이 쓰진 않았는지 생각해볼 일입니다. 절약은 행복한 미래를 짓는 설계도와 같습니다.

크리스마스의 기적

얼마 전 미국의 뉴욕에서 일어난 아름다운 일화입니다.

크리스마스 날, 뉴욕 34번가에 이름을 알 수 없는 한 사업가가 나타나 어려운 사람들에게 조용히 돈을 나눠주고는 사라지는 것이었습니다.

이 사업가는 몇 해 전 크리스마스에도, 뉴욕의 어느 길거리에서 구걸을 하고 있는 노숙자에게 돈을 주었습니다. 바닥에 엎드려 작은 박스에 동전 넣기만을 기다리는 노숙자의 앞에다 지폐를 가만히 떨어뜨리는 것이었습니다. 마침 바람이 불어 지폐는 거지에게로 떠밀려갔습니다.

잠시 후, 노숙자가 휘둥그레진 눈으로 고개를 들었을 때는 이미 사업가는 모습을 감춘 뒤였습니다.

이 사업가는 지난 해에도 캔사스 시에서 이와 똑같은 행동으로 화제를 불러일으킨 적이 있었습니다.

　무명의 이 사업가는 매년 크리스마스 때마다 이렇게 사람들에게 돈을 나누어주는 일을 하고 있습니다. 그리고 무엇보다 이 사업가에게 작은 도움을 받은 사람들은 하나 같이 또 다른 어려운 이웃들을 도우며 살아가고 있다는 것입니다.

　하루는 사업가가 이발소에 머리를 자르기 위해 들렀습니다. 그때 마침 허름한 옷차림의 젊은이가 돈을 구걸하러 이발소 안으로 들어왔습니다. 이발소 주인은 벌컥 화를 내며 젊은이를 내쫓으려고 했습니다.

　하지만 사업가는 젊은이에게 돈을 건네주면서 이렇게 말했습니다.

"젊은이, 이 돈을 받게. 누가 당신에게 이 돈을 주라고 했다네."

사업가가 이런 아름다운 일을 하게 된 계기는 30년 전 크리스마스 때 일어난 일 때문이었습니다.

당시 그는 너무나 가난해 음식을 사먹을 돈이 없었습니다. 며칠 동안 음식 구경을 하지 못한 그는 심하게 굶주려있었습니다. 그는 배고픔을 참지 못해 식당에서 음식을 먹은 뒤 음식 값을 지불할 걱정을 하고 있었습니다.

그는 어깨를 축 늘어뜨린 채 걱정에 빠져 있었습니다. 그런데 뒤에 앉았던 사람이 다가오더니 20달러짜리 지폐 한 장을 떨어뜨렸다가 다시 줍고는 이렇게 말했습니다.

"젊은이, 이 돈이 여기 떨어져 있는 것을 보니 자네 돈인가 보네."

그 사람은 지금의 사업가에게 돈을 주고는 황급히 식당을 빠져나갔습니다.

사업가는 지금껏 그때 받았던 고마움을 평생 잊을 수 없었습니다. 그래서 매년 크리스마스가 되면 수천 달러씩 길거리에서 돈을 나눠주고 있는 것입니다.

주위에는 어려운 사람들을 보며 입으로만 걱정하는 사람들이 있습니다. 그들은 하나 같이 조금 더 여유가 있을 때 도움의 손길을 건네겠다고 말합니다. 하지만 그들은 거창한 물질적 도움보다 콩 한 조각 나눠먹는 가난한 마음이 더욱 힘이 된다는 것을 알지 못합니다.

마더 테레사 수녀는 "전 인류를 구원할 수는 없지만 한 사람에게 사랑을 베풀 수는 있다."고 말했습니다.

하지만 사람들 가운데는 어려운 사람 모두를 구원하려는 사람이 있습니다. 이런 사람은 한 사람에게 온정을 베푸는 것이 전 인류를 구하는 길임을 알지 못합니다. 사랑은 한 사람, 한 사람, 그렇게 번져 가는 것입니다. 이웃에 작은 도움의 손을 내미는 것, 이것이 바로 사랑의 시작입니다.

말 한 마디의 위력

미국 존스 홉킨스 대학병원에는 '신의 손'이란 별명을 가진 소아신경외과 벤 카슨 박사가 있습니다.

그는 오늘날 의학계에서 '신의 손'이라는 별칭이 전혀 어색하지 않을 만큼 세계 최고의 의술을 인정받고 있는 의사입니다.

저명한 의사로 손꼽히는 그는 남다른 이력을 가지고 있습니다.

첫 번째는 많은 의사들이 수술을 포기했을 정도로 생명이 위독했던 4살짜리 악성 뇌 암 환자와 만성 뇌염으로 하루 120번씩 발작을 일으켰던 아이를 수술해 완치시킨 일입니다.

두 번째는 1987년, 세계 최초로 머리와 몸이 붙은 채 태어난 샴쌍둥이를 분리하는 데 성공했던 일이었습니다. 많은 사람들은 샴쌍둥이로 태어난 파트리크 빈더와 벤저민 빈더의 불행한 앞날을 예고했습니다.

하지만 그들은 카슨 박사의 수술로 인해 새 생명을 얻을 수 있었습니다. 이 수술을 통해 벤 카슨은 '신의 손'이라는 별명을 얻게 되었습니다.

그러나 신의 손을 가진 벤 카슨도 어릴 때 아주 힘들고 어두운 성장기를 보냈습니다. 어린 시절의 그를 보고 지금과 같은 세계적인 의사가 되리라고 생각한 사람은 아무도 없었습니다.

벤 카슨은 디트로이트의 빈민가에서 태어났습니다.

8세 때 그의 부모는 이혼을 했습니다. 그는 편모슬하에서 자라면서 불량소년들과 어울려 싸움질을 일삼는 흑인 불량소년에 불과했습니다.

그는 피부색이 검다는 이유로 백인 친구들 사이에서 따돌림을 당했습니다. 초등학교 때에는 항상 꼴찌를 도맡아하는 학습부진아였습니다. 초등학교 5학년 때까지도 글을 읽지 못했을 뿐만 아니라, 산수시험을 한 문제도 맞추지 못해 친구들의 놀림감이 되곤 했습니다.

이런 불량소년이 오늘날 세계 최고의 의술을 인정받는 '신의 손'이라는 칭송을 얻게 된 것입니다.

어느 날 기자가 찾아와서 이렇게 물었습니다.

"선생님께서는 의학계에서 '신의 손'이라는 별칭으로 불리고 있습니다. 오늘의 당신을 만들어 준 것은 무엇입니까?"

기자의 질문에 그는 빙그레 웃으며 이렇게 대답했습니다.

"나의 어머니 쇼냐 카슨 덕분입니다. 어머니는 내가 늘 꼴찌를 하면서 흑인이라고 따돌림을 당할 때도 이렇게 용기를 주셨습니다. '벤, 넌 마음만 먹으면 무엇이든 할 수 있어! 노력만 하면 할 수 있단다!' 라는 말을 끊임없이 들려주면서 내게 격려와 용기를 주셨습니다."

벤 카슨은 자신의 어머니가 끊임없이 불어 넣어준 용기 덕분에 자신감을 가질 수 있었습니다. 중학교에 들어가면서부터는 공부에 몰두하였고 성적이 오르기 시작했으며 우등생이 될 수 있었습니다.

그는 사우스웨스턴 고등학교를 3등으로 졸업했습니다. 그 뒤 명문 미시간 대학 의대에 입학했습니다. 그리고 훗날 많은 사람들로부터 사랑과 존경을 한 몸에 받는 '신의 손'을 가진 의사가 되었습니다.

사람은 어릴 때의 성장환경이 중요합니다. 부모님의 따뜻한 관심과 사랑 속에서 자라는 아이는 어른이 되었을 때 세상을 긍정적으로 보게 됩니다. 어려움 속에서도 "할 수 있다."는 믿음을 저버리지 않습니다.

그러나 항상 비난이나 폭력을 일삼는 불우한 환경에서 자란 아이는 세상의 어두운 면을 보며 자라게 됩니다. 이런 아이는 어른이 되었을 때 조금만 시련이 닥쳐도 세상은 자기편이 아니라며 절망합니다.

세상에는 빈손으로 성공을 일구어낸 사람들이 많습니다. 그리고 모두 갖춰진 조건에서 실패에 허덕이는 사람들도 많습니다. 전자는 불가능 속에서 가능성을 발견했고, 후자는 가능성 속에서 불가능만을 생각했기 때문입니다.

빈민가의 불량소년 벤 카슨은 오늘날 '신의 손'으로 불리고 있습니다. 오늘날 벤 카슨이 최고의 의사가 될 수 있었던 데는 어머니가 해준 따뜻한 말 한 마디 때문이었습니다. 이처럼 따뜻한 말 한 마디는 한 사람의 인생을 크게 변화시킵니다.

때로 계획을 과감하게 수정하기

「만종」, 「이삭줍기」 등 소박한 농민과 평화로운 농촌 들녘을 담은 밀레의 작품들은 많은 사람들에게 사랑을 받고 있습니다.

밀레는 1849년 파리 교외에 있는 바르비종 마을로 이사하면서 농민과 농촌 들녘의 풍경을 본격적으로 그리기 시작했습니다.

무명 화가로 몹시 궁핍한 생활을 하면서도 그는 농민과 농촌에 대한 따스한 시선만은 언제나 잃지 않았습니다. 그의 작품은 신분이 낮은 사람들의 일상을 표현함으로써 호사가들의 주목을 받지 못했습니다. 하지만 그의 화폭은 여전히 농민들을 향해 열려 있었습니다.

그가 캔버스에 그린 농촌의 풍경은 그리 아름답기만 한 것은 아니었습니다. 소박한 일상과 평화로운 들녘 곳곳에는 가난과 배고픔, 질병과 문명의 혜택에서 소외된 사람들의 슬픔이 배어 있었습니다.

밀레가 그린 작품 중에서 「만종」은 그러한 농민 생활의 슬픔
을 대표하는 작품이었습니다.

「만종」을 자세히 들여다보면 고개 숙인 부부의 발 아래로 작
은 망태기를 볼 수 있습니다. 씨감자로 가득 채워진 바구니를 보
면 부부가 하루의 노동에 대해 신에게 감사하고 있음을 알 수 있
습니다.

하지만 처음 이 작품이 그려졌을 때 그림 속 망태기에는 갓난
아기의 시체가 담겨 있었습니다. 배고픔으로 죽어간 아기를 땅
에 묻기 직전 마지막으로 신에게 기도를 올리는 장면인 것이었
습니다.

밀레가 이 만종을 그리고 나서 맨 처음에 친구들을 불러 감상하게 했습니다.

그리고 느낌을 물었습니다.

"내가 그동안 힘들게 그린 그림일세. 보고 평을 좀 해주게나."

그림을 본 친구들은 하나같이 슬픈 표정을 지었습니다. 그리고 그들 중에서 한 친구가 입을 열었습니다.

"아기의 시체라…… 그동안 자네가 그린 그림들은 농부들의 평화로운 모습들이었네. 자네는 이 그림이 평화롭게 보일지 몰라도 나에게는 아니야. 그리고 모든 사람들 중에서 나와 같이 생각하는 사람이 있을 수도 있지. 미술계의 비판을 받고 싶지 않다면, 이런 장면은 없애는 것이 좋지 않을 까 생각하는데 자네들은 어떤가?"

또 다른 친구도 생각을 말했습니다.

"밀레, 자네가 그린 그림을 보고 있으니 잔인한 현실에 가슴이 아파 도저히 그림을 똑바로 볼 수가 없다네."

그리고 잠시 후 또 다른 친구가 말했습니다.

"자네 그림을 약간 수정하면 어떨까? 아기 시체를 다른 것으로 바꿔 그리는 것이 좋겠어."

그 친구가 말을 마치자 다른 친구들도 좋은 생각이라며 찬성했습니다. 그러나 밀레는 썩 반가워하는 기색이 아니었습니다.

친구들의 의견을 며칠 동안 고민한 끝에, 결국 밀레는 친구들의 조언을 받아들여 바구니 안을 씨감자로 수정했습니다. 이렇게 해서 많은 사람들에게 사랑 받는 밀레의 작품 「만종」이 탄생할 수 있었습니다.

　그림 「만종」은 과감한 수정에 의해 세상에 빛을 발할 수 있었습니다. 만일 밀레가 친구들의 조언을 받아들이지 않았다면 어떻게 되었을까요? 만약 그랬다면 수정을 하지 않았을 테고, 「만종」은 지금처럼 유명해지지 않았을지도 모릅니다.
　때로 우리의 인생 계획도 수정할 필요가 있습니다. 자신이 설정한 계획에 시행착오가 있거나, 더 나은 계획이 있다면 과감하게 수정해야 합니다. 평범한 사람이라면 단번에 철두철미한 계획을 짜기란 쉽지 않기 때문입니다.
　계획의 수정은 결코 실패가 아닙니다. 목표를 향해 더욱 굳건하게 나아갈 수 있는 뿌리를 더욱 튼튼하게 하는 일과 같습니다.

인생에서 아직 남아 있는 것

    세상에 누구보다 부지런히 일하고 가족을 사랑했던 부인이 있었습니다.

    그녀는 하루도 쉬지 않고 밭에 나가 채소를 가꾸거나 농장에서 가축을 돌보았습니다. 그런데 어느 날부터 몸이 좋지 않더니 급기야 병원까지 찾게 되었습니다. 병원에서 검사를 마친 후 그녀는 의사로부터 위암 말기라는 청천벽력 같은 말을 들었습니다.

    진창길을 걷듯이 자신에게 남겨진 하루하루가 절망이었습니다. 예전에는 작은 기쁨에 행복했지만, 이제는 짜증스러웠고 우울하기까지 했습니다.

    그렇게 그녀는 며칠을 보냈습니다.

    어느 날 그녀는 자신에게 주어진 소중한 날들을 이렇게 헛되이 보낼 수 없다고 생각했습니다. 그렇게 생각하고 나니 점차 우울증이 사라졌습니다.

그녀는 자신의 마지막 날을 준비하기 위해 아들을 불렀습니다. 아들에게 그녀는 나지막한 목소리로 말했습니다.

"내가 관속에 누울 때 내가 좋아했던 옷도 함께 넣어주려무나."

아들은 슬픈 표정을 한 채 말없이 어머니를 바라볼 뿐이었습니다.

잠시 후 그녀는 가장 중요한 것을 잊을 뻔했다는 표정으로 한마디 덧붙였습니다.

"그리고 애야, 내 오른손에 꼭 포크를 쥐어 주겠니?"

아들의 의아한 표정을 지으며 어머니에게 물었습니다.

"어머니, 포크는 왜요?"

그녀는 엷은 미소를 띠며 설명해주었습니다.

"기억하니? 온 가족이 함께 모일 때마다 맛있는 식사를 했었잖니. 주된 요리 접시가 다 비워질 무렵 나는 항상 '포크는 그대로 들고 계세요.' 하고 소리쳤지. 후식이 나올 차례였거든. 나는 후식을 가장 좋아했단다. 입안에서 살살 녹는 초콜릿과 달콤한 파이……. 정말 멋진 음식들이었지."

그녀는 말을 계속하기가 힘이 드는지 조금 쉬었다가 말을 이었습니다.

"관에 누워있는 나를 바라보는 사람들에게 오른손에 포크를 든 모습을 보여주고 싶구나. 다들 왜 포크를 들고 있는지 궁금해

하겠지? 그러면 이렇게 말해 주렴. '포크를 꼭 쥐고 계세요. 당신에게는 가장 좋은 것이 아직 남아있으니까요.' 라고 말이다."

그녀의 말에 아들의 눈에는 금세 눈물이 고였습니다. 그녀는 아들의 눈에 고인 눈물을 손으로 닦아주며 웃으며 말했습니다.

"나는 죽음이 전혀 두렵지 않단다. 오히려 다음 세상도 후식을 먹을 수 있는 좋은 곳이라고 생각한단다."

장례식 날이 되었습니다.

사람들은 포크를 들고 관속에 잠들어 있는 부인을 바라보았습니다. 그들은 포크를 들고 있는 부인의 모습을 보며 의아한 투로 물었습니다.

"오른손에 웬 포크예요?"

아들은 초콜릿과 파이 접시를 손님들에게 돌린 다음 어머니가 포크를 쥐고 있는 이유를 들려주었습니다.

"돌아가신 어머니뿐 아니라 우리도 포크를 꼭 쥐고 있어야 해요. 우리 삶에서 가장 좋은 것은 아직 남아 있기 때문입니다."

며칠 동안 내리던 비도 언젠가 그치게 마련입니다. 그리고 비가 내린 하늘에는 무지개가 피어납니다. 무지개를 바라보는 사람들의 얼굴에는 찌푸렸던 표정 대신 미소가 번집니다.

인생은 끝없이 넓은 바다와 같습니다. 우리는 그 넓은 바다 속에서 항해하는 작은 배와 다를 바 없습니다. 바다에는 우리가 알지 못하는 수많은 암초들이 숨어 있습니다. 때로 우리가 방심하고 있는 사이 모습을 드러내기도 합니다. 그리고 그 암초로 인해 왔던 길을 되돌아가야 할 때도 있고 치명적인 상처를 입을 수도 있습니다.

하지만 인생 속에 암초가 숨어 있다고 해서 인생을 부정적으로 보아선 안 됩니다. 오히려 그런 위험이 숨어 있기에 인생이 우리에게 더욱 소중하고 값지기 때문입니다.

우리는 시련을 극복하지 못했을 때 절망을 느낍니다. 그러나 시련을 이겨냈을 때 새로운 힘을 얻게 됩니다. '희망'을 잃지 않는다면 반드시 어떤 거친 파도도 거뜬히 견뎌낼 수 있습니다.

소녀와 거지

어느 도시에 마음씨 착한 거지가 살고 있었습니다.

흉한 외모 때문에 사람들로부터 냉대와 조소를 받으면서도 거지는 부지런히 일했습니다. 새벽부터 저녁까지 동네어귀의 휴지통을 뒤지며 빈 병이며 구멍 난 냄비, 고철 등 온갖 잡다한 고물을 넝마에 가득 채울 때까지 쉬지 않고 일했습니다.

하루 오십여 리의 고되고 힘든 길이었지만 거지는 어깨를 묵직하게 누르는 넝마를 생각하면 힘든 줄도 몰랐습니다. 온종일 수집한 고물이 저울대에 올려 질 때면 세상 누구보다 마음이 행복했습니다.

일을 마치고 집으로 돌아가는 길에 거지는 사람들로부터 많은 조롱을 받았습니다.

"에이, 재수 없어! 저 거지새끼는 잊을만하면 눈앞에 아른거린다니까."

사람들의 조소와 멸시를 받을 때마다 거지는 자리 밑에 감춰두고 온 돈을 생각했습니다. 20년 동안 허리를 졸라매며 어렵게 모아온 돈은 거지에게 큰 위안이 되었습니다.

"그래, 이제 조금만 더 모으면 보기 흉한 이 얼굴을 고칠 수 있어. 어디 그때 두고 보자."

거지는 돈이 불어날 때마다 머릿속에 자신이 고치고 싶은 얼굴을 떠올렸습니다.

"이왕 고치는 거 영화배우처럼 멋있게 고쳐야지."

거지는 쓰레기통에서 주워온 여러 영화배우들의 사진을 벽에 붙여놓고 그것을 볼 때마다 행복했습니다.

어느 날이었습니다.

거지는 그 날도 여느 날과 다름없이 넝마를 채우고 길을 걷고 있었습니다. 길에는 아이들이 나와 공놀이를 하고 있었습니다.

아이들은 거지를 발견하자 우르르 몰려다니며 놀려댔습니다.

"야! 거지야! 어디 가니?"

"정말 괴물 같이 생겼네. 하하!"

"아마 짊어지고 있는 통 속에 아이가 들어있을지도 몰라."

그때 거지는 아이들 속에서 어떤 소녀를 보았습니다. 그 아이는 땅바닥에 앉아서 혼자 놀고 있었습니다.

"꼬마야, 여기서 뭐하니?"

소녀가 대답했습니다.

"심심해서 그냥 혼자 놀고 있어요."

"그래? 마침 나도 심심했는데……"

"아저씨는 왜 심심해요? 나처럼 장님이에요?"

그 순간 거지는 놀라 물었습니다.

"네가 장님이라고?"

"어른이 그것도 몰라요? 저처럼 앞을 볼 수 없는 사람을 장님
이라고 그래요. 그래서 친구들이랑 어울려 놀지도 못하니까 심
심해요. 아저씨는 심심한 게 얼마나 재미없는지 알아요?"

"그래, 잘 알지."

앞을 보지 못하는 소녀를 만나고 돌아온 거지는 하루 종일 슬펐습니다. 거지의 머릿속에서는 소녀의 생각이 떠나질 않았습니다. 거지는 어떻게 하면 소녀를 위로할 수 있을까, 하고 생각했습니다.

다음날부터 거지는 소녀를 하루도 거르지 않고 만나서 놀아주었습니다. 소녀는 다른 사람들과는 달리 거지를 조롱하거나 멀리 하는 일이 없었습니다.

"어젯밤 꿈속에서 아저씨를 만났어요."

"……나를?"

소녀는 얼굴을 찌푸리며 말했습니다.

"그런데 이상하게 꿈속에서조차 아저씨 얼굴을 볼 수 없어서 속상했어요. 어머니께 말씀 드렸더니 하느님께 열심히 기도드리면 아저씨 얼굴을 꼭 볼 수 있을 거라고 말씀해주셨어요."

거지는 소녀가 앞을 못 보는 것이 차라리 잘된 일이라고 생각했습니다. 그리고 거지에게는 소녀를 만나는 것이 또 하나의 행복이었습니다.

한 달이 지난 어느 날이었습니다.

그 날은 비가 많이 내려 모든 길이 진창길이 되고 말았습니다. 거지는 소녀에게 가는 일을 하루 쉴까, 하고 생각했습니다. 하지만 자신을 기다리고 있을 소녀를 생각하니 가지 않을 수가 없었습니다. 거지는 도중에 길에 쓰러져 있는 소녀를 발견했습니다. 거지는 서둘러 병원으로 소녀를 업고 갔습니다.

진찰을 마친 의사는 이렇게 말했습니다.

"영양실조에다 비를 많이 맞아서인지 감기 몸살까지 겹쳤습니다. 한숨 푹 자고 나면 괜찮아질 겁니다. 그런데 아저씨가 이 아이의 보호자 되십니까?"

"……."

거지는 머뭇거리며 아무 말을 할 수 없었습니다.

"참 안타깝습니다. 아직 나이가 어려서 지금 수술만 받으면 시력을 되찾을 수도 있을 텐데요. 하지만 수술비가 만만치 않아서요."

거지는 자신이 20년 동안 모은 돈이면 소녀의 눈을 뜨게 할 수 있다는 사실을 알고 있었습니다. 병원을 다녀온 후 거지는 그동안 마셔본 적도 없는 술을 마시며 괴로워했습니다. 마침내 거지는 자신의 얼굴을 고치기 위해 모은 돈을 소녀의 시력을 찾아주는데 쓰기로 결심했습니다.

일주일 후 소녀는 수술을 받았고 수술은 성공적으로 끝났습니다. 소녀는 시력을 되찾은 후 바로 거지를 찾아갔습니다. 거지를 바라보는 소녀의 얼굴은 미소를 가득 담고 있었습니다. 그리고 소녀의 두 눈에서는 뜨거운 눈물이 쏟아졌습니다. 그 순간 거지는 그동안 세상을 살면서 한 번도 느껴보지 못했던 기쁨을 느낄 수 있었습니다.

산에는 잘 생긴 나무와 못생긴 나무가 한데 어우러져 있습니다. 풀과 이름 모를 꽃이 사이좋게 뿌리를 내리고 있습니다. 그리고 그들은 조화롭게 울창한 숲을 이룹니다. 이런 숲이 우거진 아름다운 산에서 사람들은 휴식을 취하고 즐거운 시간을 보내곤 합니다.

우리가 숨 쉬고 있는 이 세상에도 각기 다양한 사람들이 살아가고 있습니다. 서로의 성격과 외모는 달라도 저마다 따뜻한 마음을 지니고 있습니다. 그리고 조화를 이루어 더불어 살아가기 때문에 세상은 아름답게 느껴집니다.

누군가를 위해 자신을 내어주는 마음보다 더 아름다운 일은 없습니다. 이는 꽃이 향기를 발하듯이 세상에 감동을 전하는 일입니다. 살아가다보면 때로 누군가에게 도움을 받을 수도 있습니다. 또 누군가에게 도움을 주기도 합니다. 서로 함께 나누고 도울 수 있다는 것은 희망이 있다는 말입니다.

인생을 밝혀주는 꿈과 희망

    세계에서 가장 좋은 바이올린을 만드는 나무재료는 로키산맥 정상에서 구한다고 합니다. 그곳은 얼마나 춥고 거센 바람이 부는지 나무들이 곱게 자라지 못하고 무릎을 꿇고 있는 모습을 한 채 서 있습니다.

이 나무들은 열악한 조건에서 살아남기 위해 강한 인내를 발휘하며 견딥니다. 이처럼 세찬 바람과 추위를 견뎌낸 나무이기 때문에 바이올린을 만들어서 연주를 하게 되면 신비의 소리가 나는 것입니다.

이와 반대로 열대지방에서 편하게 자란 나무에게서는 도저히 그런 소리가 나지 않습니다.

사람도 마찬가지입니다. 비록 남들보다 삶이 고달프고 힘들지라도 그 순간을 이겨낸 사람은 더 큰 시련에도 결코 흔들리는 법이 없습니다. 왜냐하면 미리 시련을 견뎌내는 훈련을 했기 때문입니다.

쇠는 뜨거운 불에 달구어지고 망치로 내리칠 때 더욱 강해집니다. 그렇듯이 힘든 환경에서 시련을 겪은 사람이 더욱 굳건하게 인생을 살아가는 법입니다.

우리 주위에는 부자 부모를 만나 편하게 생활하는 사람들이 있습니다. 이런 사람들은 모든 것들이 갖추어져 있는 집에서 생활하기 때문에 불편함이 없습니다. 그렇기 때문에 만족과 작은 기쁨을 알지 못합니다.

더운 여름날 남들은 버스를 이용할 때 그들은 냉방장치가 잘되어 있는 고급 승용차를 타고 다닙니다. 때문에 그들은 태양빛이 강렬하게 내리쬘 때 아스팔트 위를 걷는 고통을 알지 못합니다.

과연 그런 사람들이 갑자기 환경이 바뀌어 좁은 집에서 살아야하고 힘든 일을 해야 한다면 잘 적응할 수 있을까요? 그렇지 않겠지요. 따뜻한 온실에서 자란 화초가 작은 바람에도 쉽게 부러지듯이 그들도 쉽게 쓰러지고 말 것입니다.

어쩌면 그들은 평생 동안 초라하고 힘든 환경으로 내몬 부모를 탓하며 남의 손가락질을 받으며 살아갈지도 모릅니다. 왜냐하면 부모가 그들에게 세상을 살아갈 수 있는 방법을 가르치지 않았기 때문입니다.

지금 세상에 성공한 사람들 중에 대다수는 고생 끝에 자수성가한 사람들입니다. 이들은 사람들에게 요행을 바라지 말고 목표를 가지고 끊임없이 노력하면 반드시 성공할 수 있다고 말합니다. 사실, 그들이 성공할 수 있었던 것은 온실이 아닌 거친 들판에서 자랐기 때문입니다.

지금 여러분 중에 "왜 나는 가난한 부모를 만났을까?", "돈이 많은 부자가 부러워." 하고 생각하는 사람이 있을 겁니다. 하지만 이런 생각만 한다면 마음속에 들어차는 것은 절망뿐입니다.

비록 지금 힘들지만 훗날 성공을 이끌어주는 시험으로 생각하십시오. 그리고 언제까지나 꿈과 희망을 잃지 않아야 합니다. 꿈과 희망을 잃어버린다면 깜깜한 밤 속에서 길을 환하게 밝혀주는 등불을 잃어버리는 것과 같습니다.

이제는 희망을 이야기할 때

밤하늘에 별을 사랑하는 요정들이 살고 있었습니다.

밤이면 요정들은 호숫가에 모여 앉아 하늘에 펼쳐지는 아름다운 별에 관한 이야기를 나누었습니다. 그러나 그들 중에는 달만을 사랑하는 요정이 한 명 있었습니다. 그 요정은 별이 돋아오는 밤이면 몹시 우울했습니다. 별이 돋아나면 달빛이 희미해진다고 생각했기 때문이었습니다.

그녀는 이렇게 말하곤 했습니다.

"달이 없는 밤은 죽음과 같아요. 나는 하늘의 별이 모두 없어지고 달만 있었으면 좋겠어요."

이 말을 들은 별을 사랑하는 다른 요정들은 이 사실을 곧 주피터 신에게 이르고 말았습니다.

다른 요정들의 말을 들은 주피터 신은 노여워하며 말했습니다.

"아니, 뭐라고? 나의 사랑스러운 별들이 모두 없어졌으면 좋 겠다고? 당장 그 요정을 불러와!"

잠시 후 달을 사랑하는 요정은 주피터 신 앞에 불려왔습니다. 화가 머리끝까지 난 주피터 신은 그 요정을 빛 한 줄기 없는 깜 깜한 곳으로 쫓아버리고 말았습니다. 뒤늦게 이 사실을 알게 된 달의 신 다이아나는 자기를 좋아하던 요정을 찾아다녔습니다.

하지만 결국 찾지 못하고 그 사이 슬픔에 빠진 요정은 달에 대 한 그리움으로 인해 점점 야위어 끝내 죽고 말았습니다.

이 사실을 접한 달의 신 다이아나는 슬픔을 이기지 못해 그 요정을 안은 채 오랫동안 울었습니다. 그리고 요정을 언덕 위에 묻어주었습니다. 그때 주피터 신은 달의 신 다이아나가 너무나 깊은 슬픔에 빠져 있던 모습을 보게 되었습니다.

주피터 신 역시 자신이 달을 사랑했던 요정에게 너무 심한 벌을 내렸다는 것을 알았습니다. 그래서 주피터 신은 그 요정을 예쁜 꽃으로 피어나게 했습니다. 그 꽃이 바로 사람들에게 '기다림' 이라는 꽃말로 사랑 받는 달맞이꽃입니다.

희망은 결코 사람들이 생각하는 것처럼 먼 곳에 있지 않습니다. 추운 겨울에 내리쬐는 빛 한 줄기 속에 있습니다. 그리고 무더운 여름날, 땀을 식혀주는 산들바람에도 숨어 있습니다. 이처럼 언제나 우리와 가장 가까운 곳에 있습니다.

세상에 희망이 없는 사람은 없습니다. 다만 절망에만 익숙해져 있기 때문에 희망을 발견할 수 없는 것입니다. 이제는 희망을 얘기하고 노래해야할 때입니다. 여러분은 누군가에게 희망이 될 수 있습니다. 그리고 누군가는 여러분에게 희망을 줄 수도 있기 때문입니다.

눈 나라 가족의 이야기

눈으로만 가득 찬 눈 나라에 한 부부가 살고 있었습니다.

어느 해 부인은 예쁜 딸을 낳았습니다. 그 딸은 어느 눈보다 하얗고 빛나는 예쁜 딸이었습니다. 부부는 자랄수록 예뻐지는 딸을 세상 그 무엇보다 아끼고 사랑했습니다. 부부는 딸을 위해서라면 무엇이라도 할 수 있다고 생각했습니다.

어느 날부터 딸을 위해 훌륭한 교육을 시켜야겠다고 생각하고, 자신들이 알고 있는 모든 것을 가르치려고 했습니다. 하지만 차가운 바람이 부는 눈으로만 이루어진 눈 나라에서 부부가 태어나서 배운 것은 눈 밖에 없었습니다.

눈외에는 아는 것이 없어서 아무것도 가르칠 수 없는 부부는 가슴이 아팠지만 눈에 대해 가르치기 시작했습니다. 부부가 세상에서 가장 예쁘고 훌륭하다고 여기는 딸은 부모님이 가르치는 것을 열심히 배웠습니다.

아울러 부모님을 닮기 위해 매일 노력했습니다.

하지만 배우면 배울수록, 닮으면 닮을수록 딸은 점점 차가워져만 갔습니다. 딸은 마침내 꽁꽁 얼어 쉽게 녹지 않을 얼음이 되고 말았습니다.

결국 딸은 부모님이 자신을 사랑하지 않아 차가운 것만 가르쳤다고 생각하게 되었습니다. 그리하여 부모님을 원망하며 눈 나라를 떠나버렸습니다.

떠나는 딸을 보며 부모님은 마음이 한없이 슬펐지만 딸을 위해 막을 수가 없었습니다. 어떤 말로도 딸의 꽁꽁 언 마음을 녹일 수가 없었던 것이었습니다. 그저 눈 나라를 떠나 딸이 행복하게 잘 살기만을 바랄 뿐이었습니다.

하지만 다른 나라로 떠난 딸은 날이 갈수록 더욱 차가워졌습니다. 그리고 자신의 주위에 있는 모든 것조차 꽁꽁 얼어버리고 말았습니다. 손이 닿는 곳, 마음이 가는 곳마다 차가운 눈으로 얼어버렸던 것입니다.

딸은 눈 나라를 떠난 후 행복해지기는커녕 매일 매일이 불행의 연속이었습니다. 눈 나라의 부모님은 이런 딸의 소식을 듣고는 마음이 너무나 아팠습니다.

부부는 매일 '어떻게 하면 딸의 꽁꽁 언 마음을 녹일 수 있을까?' 하고 고민했습니다.

그러던 어느 날, 이들 부부는 결심을 했습니다. 자신들의 몸을 뜨거운 불에 던져서라도 딸의 마음을 녹이기로 했던 것입니다.

딸을 찾아간 부부는 딸의 앞에서 모닥불 속으로 천천히 걸어 들어갔습니다. 불은 너무나 뜨겁고 고통스러웠지만 부부는 행복하게 웃으며 불에 조금씩 녹아갔습니다. 그때 부모님이 불에 녹아 사라지는 것을 본 딸은 그제야 깨달을 수 있었습니다.

부모님이 자신을 얼마나 아끼고 사랑했는지, 자식을 향한 부모님의 사랑이 얼마나 깊었는지…….

딸은 세상에 태어나 처음으로 두 뺨 아래로 흐르는 눈물을 보았습니다.

항상 가까이 있으면서도 보이지 않는 공기처럼 사랑도 볼 수 없습니다. 하지만 사랑은 자신과 가장 가까이에 있습니다. 바로 누군가를 진심으로 관심을 가져주고 염려해주는 마음속에 들어 있는 것입니다.

사랑을 느끼기 위해서는 어떠한 가식이나 의심이 없는 믿음을 지녀야 합니다. 사랑은 서로간의 굳건한 믿음 안에서만 존재할 수 있기 때문입니다.

세상의 모든 사랑은 믿음이라는 반석 위에 세워졌습니다. 그렇기 때문에 누군가에게 믿음을 준다는 것은 사랑을 준다는 것과 같습니다. 또한 희망을 주는 것과도 별반 다르지 않습니다. 믿음과 희망은 서로 떨어질 수 없는 친구 사이기 때문입니다.

절망은 없다

애플 컴퓨터는 스티브 잡스에 의해 1975년 허름한 차고에서 시작되었습니다.

애플 컴퓨터가 성공하기까지 스티브 잡스에게는 보통 사람이 상상하기조차 힘든 시련이 있었습니다. 그런 파란만장한 인생을 멋지게 극복해 낸 스티브 잡스가 없었다면, 오늘날의 애플 컴퓨터뿐만 아니라 놀라운 컴퓨터 그래픽 기술은 불가능했을 것입니다.

1985년은 스티브 잡스에게 너무나도 잔인한 해였습니다. 애플 사 이사진이 경영 위기에 대한 책임을 물어 창업자인 그를 회사에서 퇴출시켰기 때문입니다. 스티브는 피와 땀으로 일궈낸 회사가 자신을 버렸다는데서 오는 배신감에 괴로워했습니다.

하지만 스티브는 자신의 실패를 남의 탓으로 돌리기보다 깨끗이 인정했습니다. 그리고 그는 오랫동안 생각에 생각을 거듭한 끝에 새로운 사업 계획을 세웠습니다. 사업 계획의 윤곽이 서자, 그는 절망할 겨를도 없이 곧바로 애플사 주식을 팔아 넥스트컴퓨터를 설립했습니다. 또한, 영화「스타워즈」를 통해 그래픽 기술력을 보유했던 조지 루카스로부터 그래픽 전문가들로 구성된 사업부문을 사들였습니다. 그리고는 픽사라는 컴퓨터 그래픽 전문회사를 차렸습니다.

두 회사는 결국 최고의 그래픽 기술을 이루어 냈지만, 결과는 실패였습니다. 제품이 너무 고가여서 시장에서 소비자들로부터 외면당했기 때문이었습니다. 회사가 일어설 기미는커녕 더욱 어려워지자, 유능한 직원들이 다른 회사로 하나 둘 빠져나가기 시작했습니다. 스티브는 어쩔 수 없이 회사 문을 닫아야 할 지경에 이르렀습니다.

함께 미래를 위해 열심히 땀 흘렸던 동료들이 떠나고 혼자 남았을 때도 그는 회사에 남아 회생할 방안을 찾았습니다. 그때 기쁜 소식이 날아들었습니다. 디즈니사로부터 애니메이션 제작에 필요한 컴퓨터 그래픽 기술을 개발해 달라는 제안이 들어온 것이었습니다.

1995년 픽사와 디즈니는 컴퓨터 그래픽만을 이용해 「토이 스토리」를 완성, 픽사는 엄청난 성공을 거두었습니다. 보는 사람마다 감탄사를 자아낸 3차원 입체영상기술은 아카데미 특별 공로상 수상으로 그 기술력을 인정받았습니다.

그 뒤 스티브는 애플사의 이사진으로부터 다시 스카우트 되어 애플사로 돌아왔습니다. 그는 아이맥을 선보여 애플을 흑자 기업으로 돌려놓았습니다. 그리고 그의 픽사는 「벅스 라이프」, 「토이 스토리 2」, 「몬스터 주식회사」 등 영화마다 성공을 거두었습니다.

지금의 스티브 잡스는 많은 사람들로부터 부러움과 존경이 담긴 찬사를 받고 있습니다. 하지만 이런 눈부신 성공도 그동안의 시련이 없었다면 스티브 잡스의 천재성은 세상에 드러나지 못했을 것입니다.

예쁘게 피어 있는 꽃은 우리에게 기쁨을 줍니다. 하지만 우리는 꽃이 감내했을 많은 시련들은 알지 못합니다. 거친 비바람, 뜨거운 햇빛을 이겨낸 힘이 바로 아름다운 꽃잎을 열었다는 것을.

　성공학의 거장 데일 카네기는 이렇게 말했습니다.

　"도중에 포기하지 말라. 망설이지 말라. 최후의 성공을 거둘 때까지 밀고 나가자."

　우리가 세운 계획 속에는 희망 뿐 아니라 절망도 함께 깃들어 있습니다. 여러분, 절망이 손짓을 하더라도 앞만 보고 걸어가야 합니다. 절망 뒤에 있을 '성공'을 상상해보세요. 그리고 희망의 힘을 믿어보세요.

썰물 뒤엔 밀물이

1912년, 미국 미주리 주 북서쪽에 살던 한 젊은이가 뉴욕에 도착했습니다. 청년은 이 복잡한 도시에서 자신이 어떤 일을 하면 좋을까, 하고 며칠 동안 고민했습니다.

그는 여러 날을 뉴욕 이곳저곳을 살펴보며 돌아다녔습니다. 그러다가 사람들에게 인간 관계에 관련된 강의를 하면 어떨까, 하고 생각했습니다. 인간 관계에 대한 강의 계획안을 세운 후 그는 125번 가의 YMCA에서 저녁 강의를 하나 시작했습니다.

처음으로 청년은 성인들에게 대중 연설하는 법을 가르친 것이었습니다. 그때부터 그는 줄곧 사람들에게 인간 관계에 관련된 강의를 했습니다. 그리고 15년 동안 강의한 뒤 그는 『카네기 인간관계론』이란 책을 저술했습니다.

이 젊은이가 바로 훗날 많은 사람들을 성공으로 이끌어준 성공학의 거장 데일 카네기입니다.

카네기는 자신의 강의를 통해 수많은 인간관계 기법을 실험했습니다.

자신이 저술한 『카네기 인간관계론』에서 그는 인간관계가 한 사람의 인생에서 얼마나 중요한지를 강조했습니다. 그리고 인간관계의 여러 문제를 어떻게 해결할 수 있는지를 사람들에게 명쾌하게 설명했습니다.

그가 위기를 해결하는 방법의 하나로 제시하는 것은 바로 희망이었습니다.

어느 날 한 고객이 상담을 받기 위해 그의 사무실을 찾았습니다. 고객은 자신의 어려움을 털어놓으며 어떻게 해결해야 할지 모르겠다며 한숨을 내쉬었습니다. 카네기는 상담자로서 그에게 제시할 해결 방법은 아무것도 없었습니다. 다만 그가 자신의 마음이 내키는 대로 따르도록 충고를 해 줄뿐이었습니다.

잠시 후 고객은 슬픈 표정을 지으며 고개를 들었습니다. 그때 그의 눈에 풍경화 한 점이 들어왔습니다. 물이 빠져나간 황량한 바닷가에 낡은 배 한 척이 을씨년스럽게 놓여 있는 그림이었습니다. 그 그림 아래에는 이런 글귀가 쓰여 있었습니다.

「반드시 밀물 때가 온다.」

고객은 한참동안 그림을 보더니 카네기에게 물었습니다.

"선생님, 저 그림이 지니고 있는 특별한 의미가 있나요?"

카네기는 고객을 보고는 빙그레 웃으며 말했습니다.

"이곳에 문제를 안고 오는 모든 사람은 자신이 모두 저 그림과 같은 상황에 처해 있다고 믿고 있지요. 하지만 생각해 보세요. 썰물이 있으면 반드시 밀물 때도 돌아옵니다. 밀물의 희망을 잃지 않는 것이 자신의 고민을 해결하는 지름길이지요."

카네기의 말을 듣고 난 고객의 얼굴 표정은 순간 밝은 표정으로 바뀌었습니다. 그리고는 고민을 해결할 방법을 깨닫게 해준 카네기에게 거듭 고마워했습니다.

우리네 인생에 항상 좋은 일만 있길 바랄 순 없습니다. 따뜻한 봄이 있으면 추운 겨울이 있듯이 좋은 일 뒤에는 반드시 힘든 일도 있게 마련입니다.

만약에 우리에게 늘 기쁜 일만 있다면 더 이상 기쁜 일로 행복을 느낄 수 없을지도 모릅니다. 가끔 슬픈 일이 우리에게 일어나기에 기쁜 일도 있을 수 있는 것입니다.

필자가 아는 한 사람은 겨울 동안에는 포근한 봄을 생각한다고 합니다. 그러면 뼛속을 파고드는 추위도 견딜만해진다는 것입니다. 그렇듯이 시련이 닥쳤을 때에는 시련 뒤에 찾아올 좋은 일을 떠올려보는 것도 좋을 듯합니다. 그러면 힘든 시련은 곧 다가올 좋은 일의 이벤트 정도로 여겨질 것입니다.

부자가 되는 비결

어느 날 가난한 농부가 이웃에 살고 있는 부자를 찾아갔습니다. 농부는 부자에게 이렇게 말하며 사정했습니다.

"저도 당신처럼 부자가 되고 싶습니다. 그런데 아무리 노력해도 부자가 될 수 없습니다. 부자가 될 수 있는 방법이 있다면 꼭 가르쳐 주십시오."

농부의 말을 들은 부자는 농부를 마을 한 가운데 있는 우물가로 데리고 갔습니다.

부자는 농부에게 항아리 하나를 건네주며 말했습니다.

"이 항아리에 물을 가득 채우도록 하게. 그런 다음 나를 다시 찾아오게."

말을 마친 부자는 집으로 돌아갔습니다. 농부는 부자가 건네주었던 항아리를 보며 생각했습니다. '아니, 이렇게 쉬울 수가…… 이렇게 그냥 물만 부으면 부자가 될 수 있다는 거지.' 농부는 자신도 부자가 될 수 있다는 생각에 열심히 물을 길어 항아리에 부었습니다. 그런데 농부가 한나절을 물을 길어 항아리에 부었지만 이상하게도 항아리는 반도 차지 않았습니다.

농부는 이상한 생각이 들어 항아리를 살펴보았습니다. 가만히 살펴보니 항아리 바닥에 금이 가 있다는 것을 알았습니다. 농부가 물을 부을 때마다 물이 그 곳으로 모두 빠져나갔던 것입니다.

그 순간 농부는 화가 잔뜩 치밀었습니다. 물을 붓던 일을 멈추고는 당장 부자를 찾아갔습니다.

농부는 부자에게 큰 소리로 따져들며 말했습니다.

"아니, 사람을 놀리는 겁니까? 한나절을 쉬지 않고 물을 부어도 항아리가 차지 않아 살펴보았더니 항아리에 금이 가 있었소. 어떻게 금이 간 항아리에 물을 부으라고 할 수 있습니까?"

그러자 부자는 태연히 이렇게 말했습니다.

"그럼, 내일 다시 나를 찾아오게."

그렇게 화가 난 농부를 달래서 보냈습니다.

다음 날 해가 뜨자마자 농부가 다시 부자를 찾아갔습니다. 부자는 어제처럼 그를 우물로 데려가더니 똑같이 항아리에 물을 길으라고 말했습니다. 농부는 먼저 항아리의 속을 들여다보았습니다. 어제처럼 밑이 빠진 항아리가 아닐까 하는 생각이 들었기 때문이었습니다.

그러나 항아리는 틈 하나 없는 새 항아리였습니다. 농부는 안심하고 물을 길어 붓기 시작했습니다. 그런데 이번에는 두레박의 밑에 구멍이 나 있는 것이었습니다. 순간, 농부는 화가 났지만 하루 종일 꾹 참고 두레박에 남는 몇 방울의 물을 항아리에 담는 일을 계속했습니다.

이윽고 저녁 무렵이 되었습니다.

어느새 항아리에는 물이 가득했습니다.

그 모습을 본 부자는 농부에게 이렇게 말했습니다.

"자네, 이제 알겠는가. 단지 부자가 되고 싶다고 해서 부자가 될 수는 없네. 꼭 필요한 곳에만 돈을 쓰고 아무리 적은 돈일지라도 허투루 쓰지 말아야 하네. 만약에 적은 돈이라고 해서 아무 데나 쓰게 되면 밑이 빠진 항아리에 물을 붓는 격과 같은 것일세. 이것이 내가 부자가 된 방법이라네."

사람들은 부자들을 보며 부러워합니다. 또한 자신들도 그렇게 되기를 소망합니다. 그러나 대부분 사람들은 부자가 되는 데도 비결이 있다는 것을 알지 못합니다.

부자들은 수입에서 항상 고정적으로 꾸준하게 저축을 한다는 것입니다. 그리고 꼭 필요하지 않은 부분에는 아무리 적은 돈일지라도 헛되이 쓰지 않습니다. 그들은 지출이 심하면 아무리 많은 돈을 벌어도 돈을 모을 수 없다는 것을 알기 때문입니다.

이와 반대로 부자들의 대열에 끼지 못하는 사람들의 공통점이 있습니다. 저축에 대해 중요하게 생각하지 않는 것입니다. 저축을 하지 않는 사람에게 주어지는 것은 빚이라는 것을 모르고 있습니다. 뿐만 아니라 돈을 많이 벌어도 수입보다 지출이 많거나 지출을 통제할 수 없기 때문입니다. 밑 빠진 독에 아무리 물을 갖다 부어도 채워지지 않는 것과 같습니다.

경제적인 자유인, 부자가 되기 위해서는 꼭 필요한 곳에 지출하는 알뜰한 습관을 길러야합니다. 그리고 수입에서 일정한 부분을 떼어내어 저축할 때 부자로 향하는 문은 활짝 열리게 됩니다.

희망의 소금창고

초판1쇄 인쇄 | 2006년 6월 2일
초판1쇄 발행 | 2006년 6월 3일

지은이 | 김태광
펴낸이 | 박대용
일러스트 | 박병규
펴낸곳 | 도서출판 징검다리

주소 | 413-834 경기도 파주시 교하읍 산남리 292-8
전화 | 031)957-3890, 3891 팩스 | 031)957-3889
이메일 | zinggumdari@hanmail.net

출판등록 | 제10-1574호
등록일자 | 1998년 4월 3일

ISBN 89-88246-97-7   03810